ジョン・W・カルヴァー／石井裕之著
John・W・Culver / Hiroyuki ISHII

Black Coldreading

あるニセ占い師の告白

偉い奴ほど使ってる!
人を動かす究極の話術&心理術
「ブラック・コールドリーディング」

フォレスト出版

解説

～コールドリーディングとは?～

♠本書について

本書は、John W. Kalver "The Cold Babble - Confessions of a Pseudo-Psychic" の翻訳本——というかたちをとっていますが、最初にタネ明かしをしておきますと、実は、これは、私、石井裕之のペンネームによるフィクションです。

コールドリーディング®の研究をはじめたころ、私はセラピストをメインの仕事にしていましたので、**ニセ霊能者のためのテキスト**などを出版することには諸々《もろもろ》の差しさわりがありました。そのため、**アメリカのニセ占い師の手記**という前提で、フィクションとして本書を書いたのです。

数年前に原稿は仕上がっていましたが、その挑発的な内容から、出版されることはありませんでした。

二〇〇五年になってようやく、『一瞬で信じこませる話術　コールドリーディング』『なぜ、占い師は信用されるのか？』（いずれもフォレスト出版）などを上梓し、コールドリーディングの秘密を日本ではじめて公開することができるようになりました。

コールドリーディングという騙《だま》しのテクニックを、仕事や人間関係などの日常コミュニケーションに健全に活かしていただけるものに昇華させることが狙いでした。

おかげさまで、これらのコールドリーディング本は、累計で五十五万部を突破し、コールドリーディングという言葉も、広くマスコミなどで取り上げられるようになりました。

しかし、日本でコールドリーディングという言葉が認知されるようになって数年が経ったいまでも、いわゆる**霊感商法**や**振り込め詐欺**などの被害に遭われる方々が後を絶ちません。この現状を考えると、コールドリーディングという騙しのテクニックの本当の恐ろしさを伝えない限りは、騙す側と騙される側の知識の格差はますます広がるばかりだろうと考えるに至りました。

そこで、私のコールドリーディング本の**幻の原点**ともいえるこのフィクションに、改めて光を当ててみようということになったのです。

フィクションであるがゆえに、コールドリーディングの実践的側面、とくに、**騙される側の心の隙《すきま》**といったようなものを遠慮なく提示できたと自負しています。

あくまでもフィクションとして楽しんでいただけたら幸いです。

ただし、本書は、もともと、プロのコールドリーダーを読者に想定して書いたもので、一般の読者をまったく想定していません。そのため、コールドリーディングの基礎的事項については、ほとんど解説の配慮がなされていないという問題がありました。はじめてコールドリーディングというものに触れる読者にとっては、やや、とっつきにくいところがあるかもしれません。

そこで、本編に入る前に、コールドリーディングの基礎的なノウハウについて、簡単にまとめておこうと思います。

♠コールドリーディングとは？

コールドリーディング（Cold Reading）とは、ニセ占い師やエセ霊能者が、「あなたの過去・現在・未来は、私にはすべてお見通しだ」と信じ込ませるための、騙しのコミュニケーションテクニックのことです。

英語のコールド（cold）には、「**何の準備もなしに、その場で**」という意味があります。リーディング（reading）は、読むことから転じて、「**見えざるものを読み取ること、占いをすること**」を意味します。

つまり、コールドリーディングとは、広義では、「**何の準備もなしに、その場で、相手の現在・過去・未来を占うこと**」という意味になります。

もっと具体的に定義するとしたら、「**トリックや話術を駆使して、相手の現在・過去・未来を占ったように錯覚させる技法**」なのです。

人間の心理の隙を巧みに利用するそのノウハウの高度さは、いわゆる**オレオレ詐欺**などの子供騙しとは次元が違います。バレたら電話を切ればいいだけのアルバイト詐欺師とは違って、ニセ占い師やエセ霊能者は、失敗すれば生活どころか命すらも脅《おど》かされかねないのですから。

しかし、具体的にはどのようなテクニックを使って、相手を信じ込ませてしまうのでしょうか？

♠人は、自分のことが気になる

たとえば、あなたが、知り合いのブログを読んでいたとします。するとそこに、誰かのことをひどく批判している内容が書かれていました。非難している相手の名前は出ていないし、具体的なこともまったく書かれていなくて、「あんな無神経な人とは、これからは付き合いたくない！」などとあいまいに感情がぶちまけられているだけなのですが、なんだか、自分にも当てはまるような気がしてきました。「あれ？　これって私のことを言われているのかな？」と、心配になってきます。

そのブログの著者と、特別に喧嘩をしたというわけではありません。むしろいい関係にあると思っていたのです。ですが、なんだか、心がざわざわしてきます。「最後に会ったとき、私が挨拶しないで帰っちゃったのが、もしかすると相手に失礼だったのかな？　あるいは、この間の集まりをキャンセルしたことで、ものすごく迷惑がかかっちゃって、それで怒っているのかな？　それとも、私、先週のメールの返事で余計なことを書いちゃったのかしら……」などと考えているうちに、いろいろなことが**思い当たって**きます。

いろんな事実が、いろいろとつながってきて、最終的には、「やっぱりあのブログは、私のことを非難しているに違いない」と、確信するまでに至ってしまう——。

まあ、そこまでいかなくても、似たような経験は誰にでもあるのではないでしょうか？

こんなふうに、人間というものは、本当は自分に関係のないことでも、自分に当てはめて聞いたり読んだりしているものなのです。誰だって、一般的な話や他人の話題などよりも、やっぱり自分のことにいちばん関心があるし、気になるものだからです。

だからこそ、提示された表現があいまいであればあるほど、自分に当てはまっているような気がしてくる。

コールドリーディングは、誰にでもあるこの心理を利用しているのです。

♠ストックスピール

「最近、あなたに悪意を向けている人がいますね？」

と占い師に言われたら、あなたはまず頭の中で、「悪意？　さて、誰だろうな？」と、自分の環境の中から、それに合致する事実を見つけ出そうとするでしょう？

あなたの仕事がうまくいっているので、それを妬《ねた》んで陰口を言っていそうな同僚のことかもしれないし、半年前に喧嘩別れした友人のことかもしれない。場合によったら、今朝の通勤電車でぶつかってきたまったくの他人の、あのイライラした怒りの目線を思い出すかも知れません。

最近という言葉も、**悪意**という言葉も、あいまいです。あいまいだからこそ、あなたのほうで、情報を補わなくてはいけない。

また、「最近、あなたに悪意を向けている人がいますね？」という占い師の言葉の真偽を判断するためには、**まず、自分の現実と照らし合わせてみなくてはならない**はずです。そうでなければ、そもそも、当たっているかハズれているかの判断ができません。

そういう心があなたの中に動くからこそ、占い師は、誰にでも当てはまりそうなあいまいなセリフによって、あなたを**巻き込む**ことができるわけです。


このようなリーディング（占い）の手法は、とくに、ストックスピールと呼ばれています。ストック、つまり暗記しておいた、誰にでも当てはまりそうなセリフを使って占いをするというわけです。

♠フィッシング／パンピング

もちろん、誰にでも当てはまるようなセリフばかりでは、雑誌の占いコーナーの域を出ません。だんだんと具体的な話に入っていかなくてはなりません。

とくにコールドリーディングを詐欺的に使うときには、相手の情報をいかに引き出すかがポイントになってきます。

その目的のために、フィッシング／パンピングと呼ばれる技法があります。

この技法にかかれば、相手は、知らないうちに、自分のほうから情報を提供してしまうのです。

たとえば、占い師は、おかしいなぁというふうに首を傾《かし》げながら――

「会社に勤めていますか？」

と尋ねます。

形としては質問なのですが、相手はこれを質問だと感じません。質問ではなく、**確認**だという演出で提示しているからです。

だからこそ、相手は、情報を引き出されているのではないかという警戒心が緩みやすくなって、

「はい、事務をやっています」

などと、つい答えてしまうのです。

もし、会社勤めでない場合にも、占い師のミスにはなりません。

「会社に勤めていますか?」

「いいえ、自営でネットショップを経営しています」

「やっぱりそうですか。あなたは、サラリーマンにはない雰囲気を感じたので確認しました」

つまり、**会社勤めでないことを確認した**ということにできるのです。

これも、ただ単に「会社勤めですか？」と聞くのではなくて、首を傾げながら確認する雰囲気を出したからこそ、そういう流れにもっていくことが可能なのです。

実際には情報を引き出す質問をしていながら、相手には質問だと感じさせない。このようなテクニックを、私は、サトルクエスチョンと読んでいますが、これはフィッシング／パンピングのひとつの例に過ぎません。もっと繊細に騙して相手から情報を開示させるテクニックがたくさん存在します。

♠絶対に外れない予言

コールドリーディングは、相手の現在や過去のことを言い当てるばかりでなく、未来を予言することがあります。「あの占い師の予言どおりになった！」と信じ込ませれば、リピーターになってくれるでしょうし、口コミで評判を広めてももらえます。

予言が外れてしまったら、「なんだ、当たらないじゃないか。現在や過去のことならトリックで当てることはできても、未来を予言するとなれば、やっぱり本物の占い師でないとできないはずだからな。あの占い師はニセものだ」と結論づけられてしまいかねません。

しかし、コールドリーディングでは、**絶対に外れない予言**をすることができます。

いったい、そんなことが本当に可能なのでしょうか？

実は、これは言葉のトリックなのですが、**絶対に当たる予言**は無理でも、**絶対に外れない予言**なら可能なのです。

つまり、その予言は、**「当たったときにしか、その真偽を判定できない予言」**だということです。当たったときには当たったとわかるけれども、外れたときには外れたということがわからない。

それは、たとえば、次のような予言です――。

「事故に巻き込まれる可能性があります。でも、いたずらに不安がる必要はありません。しっかり気をつけていれば免《まぬが》れることができますから」

もし、たまたま何かの事故に遭遇したら、この予言は当たったことになります。

「あの占い師はすごい！」と感心するでしょう。

しかし、いっこうに事故らしきものに縁がなかったら、どうでしょう？

その場合も、外れたとは言えないはずです。

なぜならば、あなたは、「しっかり気をつけていれば（事故を）免れることができます」という占い師の忠告どおり、気をつけていたから事故を回避することができた、と言えるからです。

だから、予言はその意味でも当たったのです。少なくとも、外れたと断定することは理論上不可能です。

それどころか、「あの占い師のおかげで事故に遭わずにすんだ」と、感謝する人さえいることでしょう。

これが、**絶対に外れない予言**のトリックです。

便宜上、シンプルな例を挙げて説明しましたが、リアルな実践では、もっと巧みにもっていくので、このからくりが見破られにくくなるのです。

♠さらにコールドリーディングの基礎をマスターするには

以上、コールドリーディングの基本中の基本のテクニックや考え方について、ざっと解説をしてきました。

ここに挙げたものは、あくまでも代表的なもので、さらにもっともっとたくさんのテクニックが存在します。ご関心のある方は、同時発売の拙著『コールドリーディング入門』（フォレスト出版）なども併読いただけましたら幸いです。

さあ、お待たせいたしました。それでは、J・W・カルヴァー・の『あるニセ占い師の告白』をお楽しみください――。

石井裕之

※コールドリーディングは、有限会社オーピーアソシエイツの登録商標です。

もくじ

はじめに

悪用厳禁。著者及び出版社は、本書のノウハウを実践することによって生じる結果について、一切の責任を負うものではない。あくまでも、読者自らのリスクにおいて判断されたい。

……なんと下らない警告文だ！

こんな警告文があろうがなかろうが、善き人は善き道を行き、悪しき者は悪しき道を行く。

読者が善良な人間であるならば、道徳的な判断くらい自分でできるほどには成熟しているはずだし、醜《みにく》い心に支配された悪党であれば、警告文ごときでいったい何を思いとどまるというのか？

私はといえば、悪しき心に支配された側の人間である。

まったくケチな話だが、ＰＣのメモリを持ち帰って私物化していたことがバレて、働いていた会社をクビになった。だが、クビになったことそのものよりも、盗みがバレてしまったということのほうが、私にはずっと耐え難い屈辱だった。

新しい職探しをする気にもなれず半年近くぶらぶらと無為に過ごした。当然のごとく貯金も底をつき、コーヒーショップで時間をつぶしていたある日。雑誌の星占いコーナーを食い入るように読んでいた若い女性客の姿を見て、ふと、「占いなら、楽に小銭を稼げるのではないか？」という考えが浮かんだ。

私は、悪魔のささやく声を聞いたのか？　それとも、眠っていた自分の才能についに気づいたのであったか？　いずれにしても、その瞬間から、ニセ霊能者としての私の人生がはじまったのだった。

偉そうに言うことではないが、現在は、詐欺から足を洗っている。改心したというわけではない。一生遊んで暮らしていけるだけの金を掴《つか》み、その金が金を産んでくれるようになった。もはや霊能者を演じる必要がなくなった、というだけのことだ。
このささやかな本における赤裸々な告白は、搾《しぼ》り出された私の良心の最後の一適だと言えよう。

これから、本書の中で、ニセ霊能者として莫大なあぶく銭をかすめとってきた私のコールドリーディングの秘密が、余すところなく語られるであろう。

悪用厳禁という警告文は、「悪用可能だ」ということを明言しているにすぎない。本書も、その例外ではない。
しかし、ここに明かされるノウハウが犯罪を助長することになるかならないか、それは、読者が善人であるのか、それとも悪党であるのかにかかっている。
私には、なんの関係もないことだ。

JWK

第1章

あるニセ霊能者の告白

♠コーヒーショップの占い師

ジェイソンズカフェ――。

そのこじんまりとした店内の片隅のテーブルを一日中陣取り、コーヒーを飲みにきた客たちに声をかけ、ほとんど口からでまかせのタロット占いをする。見料は、わずか五ドル。

ニセ霊能者としての私の人生は、そこからはじまった。

最初はコーヒーを片手ににやにやと遠巻きに見ていた客たちも、「五ドル程度なら、まあ、話のネタにでも」と、遊び半分でテーブルについた。

しかし、いったん占いがはじまると、彼らの薄笑いは、真剣な表情へと変わっていったものだった。

彼らの多くは（性別で言えば、女性が八割ほどを占めていたが）、リピーターになり、五ドルのベーシックな占いに飽き足らず、回数を重ねるたびに、五十ドル、百ドルとつぎこんで、もっとつっこんだリーディングを求めてきた。

詐欺師の才能に恵まれていたには違いないが、それ以上に、私は、勉強と努力を怠らなかった。僭越《せんえつ》ながら、そのことだけは付け加えさせてもらおう。

評判が評判を呼び（つまり、カモがカモを呼び）、私のテーブルの前には、いつしか占い待ちの長い行列ができるようになっていた。

はじめのうちこそ顔をしかめていたジェイソンズカフェの店長も、私の存在が、店のビジネスにとって決して損ではないということを理解するようになった。占い目当ての客が列に並んで待っている間に、おかわりのコーヒーやクッキーが飛ぶように売れたのだ。どんなに頭の鈍い人間でも、自分の損得にだけは敏感なものである。

こうして、ジェイソンズカフェでの私の占いビジネスは、すぐに店長の暗黙の承認を得たのだった。

口コミで訪れる客は、日ごとに増えていった。途切れない占い待ちの長蛇の列は、これといって特徴のないジェイソンズカフェに、願ってもない宣伝効果をもたらした。

店長の態度はすっかり好意的になり、**予約席**として占い用のテーブルを確保してくれるばかりか、休憩時間には無料でコーヒーやドーナッツを振舞ってくれるようにまでなった。

「あのサイキック（超能力者）は、人の心をすっかり見透《みす》かしている！」

そんな評判が、勝手に尾ひれをつけて広まっていくと、高額のプライベートセッションのリクエストも殺到するようになった。それにともなって、私のリーディングは、タロットや手相などの占いから、次第に高額な**前世カウンセリング**へと移り変わっていったのだが、そのあたりの詳細については後に述べる。

コーヒーショップの五ドルのリーディングで網を張り、そこにかかったカモをいったん鷲づかみにしたら、財産の最後の一セントまで吸い尽くす。

言ったろう？　私は悪党だ。

果たして私は、ほとんど一文無しの状態からスタートし、少ないときでも月に六万ドルのあぶく銭を稼ぎ出すほどのニセ霊能者に成り上がったのだ。

「月収六万ドルだって？　いかさま占いごときで、そんなに稼げるはずはない」と、読者は眉《まゆ》に唾《つば》を塗るだろう。

その通りだ。ニセ占いで（いや、本物の占いだったとしても！）、これほどの成功が手にできるなら、世の悪党どもはこぞって占い師や霊能者になることだろう。

しかし、私が成功できたのは、占いや霊能力が優れていたからではもちろんない。私に見えていたのは客たちの過去や未来でもなければ、オーラでも霊でもない。私は、彼らの**ズルさ**を見透かしていたのだ。

人間の**ズルい心**を利用することに私は長けていたのだ。

私は、どんな人間だって騙すことができる。

「しかし、ズルさのない人間を騙すことはできない」と、詐欺師たちは、口を揃えてそう言う。それが真理であることに間違いはない。

だが、人類は、自らの奥に棲《す》むあの悪魔を、いったいどれほど克服できたというのか。ズルい心のない人間など、いったいどこに存在するというのだろう。

だから、どんな人間も騙され得る。強欲な人間は、その強欲さゆえに。臆病な人間は、その臆病さゆえに。そして、自分は頭がよくて占い師の話術などには騙されないと思い上がっている人間は、その傲慢さのゆえに……。

何度でも言おう。私は悪党だ。しかし、騙される人間の心の中にも、悪魔が棲《す》んではいないか？

「それにしてもどうやって？　どうやって人のズルい心に付け込み、大金を巻き上げることができるのだ？　早くその具体的なテクニックを教えてもらいたいものだ！」

と、身を乗り出すなら、読者よ……やはり君も私と同じ悪党であったのだ。

ならばシェアしようではないか。騙しのコールドリーディングの、その具体的なノウハウを。

♠セットアップ

最初は、タロット占いからはじまった。意味ありげな、もったいぶった、けれん味あふれるカードたちは、いかにも占いらしい神秘的なムードを醸《かも》し出してくれるものだと思えたからだ。

封を切ったばかりのウエイト版タロットカードを、ボウルに張った紅茶（出がらしで十分だ）に浸してしばらく置く。ほどよくヘタったら、カードを、オーブンで焦げる直前まで焼く。しかし、多少の焦げであれば、かえっていい味が出る。

それから、目の細かい紙やすりでカードの表面をこすることで、カードに、長年使い込んだようなリアルな擦り傷を作る。

これだけでも十分なリアリティを出せるのだが、私の場合は、さらに裏庭に三十センチほどの穴を掘り、そこにカードたちを**埋葬**した。一週間ほど待ってから掘り起こし、一枚ずつ、丁寧に泥を落とす。すると、紙やすりで削った細かい傷に、リアルな泥が、惚《ほ》れぼれするほどに絶妙なニュアンスで埃っぽさを演出してくれる。神秘的な雰囲気を持つものは、すべからく埃っぽいものだ。

こうして、雑貨屋で買ったばかりのタロットカードにはとても見えないほど、リアルでアンティークな商売道具が仕上がった。

しかし、なぜ、こんな手間をかけるのか？

使い込んでぼろぼろになっているというただそれだけのことで、自己アピールに躍起にならなくても、リーディングに説得力が出てくるからだ。

「私には長い経験があって、セレブのクライアントもたくさんいる」などとハッタリを口にする必要などない。

生活ギリギリの占い師たちは、みんなここを間違えているのだ。信頼性というものは、アピールすればするほど逆効果になるものなのだ。「躍起《やっき》になってアピールしなくてはならないほど、自信がないのか？」という印象を暗示してしまうからだ。

印象づけたいことは、カモのほうで勝手に解釈させる。こちらからは口にしない。これはとても重要なポイントだ。

「こんなにぼろぼろになるほど使いこなしているということは、それだけ占いの経験が長いのだろう。そんなに長く占い師で食っていけるということは、よっぽど腕がいいに違いない。もしかすると、セレブのクライアントも何人か抱えているに違いない。それを自慢しようともしないのは、公にできないようなビッグな有名人の運命を鑑定しているからだろう。そうだ、きっとそうなのだ……」などと、カモのほうで想像をふくらませてくれる。

ついでに言っておくと、実際、私にはセレブのクライアントが何人もいた。しかし、読者を感心させるためにそれを言うのではない。

そんなことは自慢にもならない。なにしろ、セレブほど簡単に騙せる**ちょろい**人種はいないのだから。彼らは、自分が特別な人間だと思いたい心と、そして、そうではないのかもしれないという不安や恐怖に翻弄《ほんろう》され、まともな判断ができる頭を持っていない。これ以上に**ちょろい**カモはいないのだ。

♠カンニング

使い込んだリアルな道具を作ることで、黙っていながら相手の心に強烈に好印象をアピールできるという暗示の原理を、私はハイスクールのときに学んだ。

言うまでもないと思うが、私は、人生におけるテストというテストは、すべてカンニングでパスしてきた。しかし、どんな教師もまったく私を疑おうともしなかったのは、**私の教科書**のおかげだったのだ。

教科書に、タバコの灰をすりつけたり、ページの端を折り曲げたり、破ったりした上で、軽く水でぬらしてから天日に干し、**読み込まれた**本を作った。あちこちに意味のない言葉を書き込みし、適当な行にマーカーを引いた。

「そんなことにエネルギーを注ぐくらいなら、勉強すればいい」と、そう誰しもが思うだろう。しかし、そういうものではない。ジョアンの尻を追っかけるエネルギーを、部屋の掃除に振りかえろと言われても、そうはいかないのと同じことだ。たしかに、詐欺の技術を身につけるために使った時間と労力を、そのまま堅気《かたぎ》の仕事に振りかえることができたら、きっと私はいまごろフォーチュン誌かタイム誌か、あるいはその両方の表紙を飾っていたに違いない。

いずれにしても、私は、映画の小道具を作るアーティストよろしく、完璧なフェイクを完成させることに夢中になったのだったが、その効果たるや、自分でも驚くほどだった。

授業中に私の**よく学ばれた教科書**をちらりと目にした教師たちは、決まって、この上なく満足気な表情になる。たったそれだけのことで、教師は私をまじめな生徒だと信じ込んでしまうのだ。トップクラスの成績が、カンニングによるものだなどということは、疑ってもみない。それはそうだ。これほど熱心に教科書を読み込んでいる生徒が、カンニングをする必要などどこにある？

「まじめに勉強しています」という演技をする必要すらなかった。何もしなくても、**教科書**が語ってくれるのだ。実際、私が授業中に居眠りをしていたときに、厳しいことで知られるローズマリー先生は、「あまりがんばりすぎないようにね」と、肩に手を置いて優しくささやいたほどだ。さすがの私もそのときには、「してやった」という気持ちよりも、人を騙すことがいかに簡単なことであるかに、むしろ拍子抜けしてしまった。

だから、君、新品のタロットカードなどを取り出してみたまえ。「なんだって？　私の姉と同じようなカードを使うのか？　この占い師はアマチュアと大して変わらない！」と、すっかり嘗《な》められてしまうのがオチだ。

使い込まれた歴史が香るタロットカードは、あらゆるハッタリを代弁してくれる。自分が成功者と呼ばれるにふさわしい人間だということをいくら吹聴するよりも、メルセデスのキーやロレックスをちらつかせることのほうがずっと効果が高い。そんなことは、魂がからっぽの男どもなら誰でも知っていることだろう？

♣騙しのテクニック

印象づけたいことは、
自ら語るな。
カモに想像させろ。

♠真実をひとつまみ

道具は整ったが、しかし、それだけでは心もとない。

私は、サンドイッチを片手に、Eden Grayの"Mastering the Tarot"というペーパーバック（これは当時における入門書中の入門書で、九十八セントほど出せばどこの古本屋でも手に入った）にざっと目を通し、大アルカナ、小アルカナ、合計七十八枚のカードの解釈をひととおり頭に叩き込んだ。スプレッド（カードの並べ方）についても、もっとも一般的でシンプルなケルト十字だけを頭に入れた。

いくら口先三寸で人を信じ込ませる自信があるといっても、タロット占いの基本ぐらいはひと通り知っておいたほうがいいと、私がそう考えたのには理由がある。

ここで、人を騙すための重要なひとつのポイントを明確にしておこう。

それは、**「でまかせの中に、ほんのひとつまみの真実を混ぜる」**ということだ。

このひとつまみが、スパイスのように効いてくる。

人は、ものごとを単純化して考えたがる。あまり複雑なことを考えるには、普段からの頭の訓練が足りないのだ。

そのため、占い師の話を聞いていても、「この人は、正しいことを言う人か、それとも嘘を言う人か？」と、ゼロか百かで評価しようとする。実際には、どんな人間の言葉にも、嘘と真実が混ざっているものだ。百パーセント正しい人間もいないし、百パーセント間違っている人間もいない。しかし、他人の言葉の真偽を評価するときにも、できるだけ頭を使わずに楽をしようとする人間の怠慢な心が、客観的な判断力を曇らせてしまうのだ。

さらに、占い師に相談に来るカモたちは、自分で決断することから逃げ、自己責任を回避しようとする無意識のズルさを兼ね備えている。

だから、たったひとつまみの**明らかな真実**を耳にするだけで、「この人は真実を語る人だ」と短絡的に結論づけてしまう。タロット占いの基礎的な用語をちらっと口にするだけで（占いをかじったことのあるカモであればなおさら）、簡単に納得させられてしまうのだ。

♣騙しのテクニック

でまかせの中に、
ほんのひとつまみの
真実を混ぜろ。

♠基礎的な知識だけで十分

「しかし、そんな入門書程度の知識で、ほんとうに人を騙せるものなのか？」という疑問が出てくるだろう。

読者よ、実に悪党らしい疑問だ。悪魔は疑り深く、常に細心の注意を払うものだ。「相当にタロットの知識を身につけた客と出くわすこともあるだろうし、そうなれば、すぐにボロが出てしまうはずだ」と、そう考えるのが、繊細《せんさい》で臆病な悪党に似つかわしい。

しかし、実践での経験は、頭の中の理屈どおりにはならないものだ。

タロットなどのリーディングシステムそのものに関する知識が求められるのは、実際には、せいぜい最初の三分間だ。そこから後は、蓄えた知識などほとんど無用のものとなる。

最初の三分間ほどは、カモも、占い師を疑ってかかっているところがある。しかし、そこそこ知識と経験を持っている占い師だと自らを納得させたら、占い師の知識などにはもはや関心を失ってしまう。

なぜか？

カモは、占い師の豊富な知識に感銘を受けるために金を払って占いを受けにきたわけではないからだ。

連中が聞きたいのは、タロットのうんちくなどではなく、**自分自身についての話**だ。自分の話を聞くために来ているのだから、できるだけ早くその**本題**に入りたいというのが、カモの当然の心理だ。

だから、実践上では、バスの運転手ではなく占い師なのだということを納得させるだけの基礎的な知識さえあれば、それで十分に事足りるのだ。

ニセ占い師やニセ霊能者として稼ぎたいのなら、いたずらに知識を詰め込むことに貴重な時間を費やすべきではない。それだけの余裕があるなら、むしろカモの心理の研究に時間を割くべきだ。

♣騙しのテクニック

いたずらに知識をひけらかすな。カモ自身の話で興味をひけ。

♠「私とは似ても似つかない……」

かく言う私も、実際のリーディングをするようになってからようやくこのことに気づいたのだった。カモは**自分の話**にしか関心がない。この明白なことを最初から知っていたら、そもそもあの辛気臭《しんきくさ》いタロットの本などに手を出すこともなかっただろう。

カモが聞きたいのは、徹頭徹尾《てっとうてつび》、自分自身のことだ。これがコールドリーディングの大原則だ。占い師が、もっともらしい形に配置されたカードたちの象徴についてあれこれと知識をひけらかしているとき、うなずきながら聞いてはいるものの、「いい加減にカードについての話を終わらせて、本題に入ってくれないものだろうか」ということだけを、連中は考えている。

「塔のカードが何を象徴していようが、そんなことは私にとってはどうでもいい。タロットの歴史がどれほど古かろうと、そんなことはまったくどうでもいいことなのだ。私は私の話を聞くために来ているんだ。あなたのタロット解釈がいかに優れているかをくどくどと聞かされるために、金を払っていると思っているのか？　そんなこともわからないのか？　早く本題に入ってくれ。私の話をしてくれ」

占い師が、テーブルに置かれたカードを見つめているとき、カモは、疎外感を感じている。その疎外感はやがて不満へと膨らみ、「カードなどではなく、私を見ろ！」という、怒りにすらなりうる。

なぜなら、タロットカードは、カモとは似ても似つかないからだ。

私は、ある偶然によって、それに気づいたのだ。

ある日、聖杯の６のカードの解釈について専門的な質問をされた。カモとしては、決して私をやり込めてやろうという狙いで質問してきたのではなかったのだろうが、私は、動揺し、不覚にも言葉に詰まってしまったのだった。

私は、とっさの判断で、「その点については、手を見せていただけますか？」と、カモの手を取った。あてずっぽうの手相占いに逃げようと思いついたわけだ。

しかし、怪我《けが》の功名とでも言うのだろうか、カモの目は輝き、「待ってました」とばかりに身を乗り出してきた。聖杯の6の解釈の専門的妥当性のことなど、もはやすっかり忘れて……。

タロットカードよりも、手相占いのほうが歓迎されるのだということを、そのとき私は悟ったのだった。長い歴史の中で培われたタロットの秘儀よりも、手のひらのしわのほうをありがたがるとは、なんとも滑稽だ。しかし、その理由はもはや読者にも明白だろう。

それは、どんなに退屈な手のひらも、カモにとっては**「私の手のひら」**に違いないからだ。

「タロットカードは、私には似ても似つかない。でも、この手のひらのしわはたしかに**私の**しわなのだ」

自分にまつわることなら、手のひらのしわどころか、目ヤニのひとかけらにすら重要な意味があると信じ込んでいる。

「他人のしわなら取るに足らない。しかし、ほかならぬ私のしわならば、話は別だ。このしわは私にとって、なにかとてつもなく重大なことを語っているに違いない」

まったくあつかましい限りだが、カモというのはそういうものだ。自分は特別に選ばれた人間で、隣人たちよりも意味のある人生を送るに値するのだという思い上がりをもっている。だから占いなどを受けにくるのだ。そうでなければ、「いいことも悪いことも自分の人生だ」と受け入れ、感謝して毎日を生きていけるはずではないか。

だから、占い師が、あたかも古くから伝わる貴重な古文書を手にするようなうやうやしい態度でカモの手を取り、そこに秘められた暗示を一行ずつ丁寧に解読しようとするかのような敬虔《けいけん》な態度でしわの一本いっぽんを指でたどりながら、驚嘆の声とともにもっともらしい戯《ざ》れ言《ごと》を語るとき、カモはこの上ないエクスタシーに満たされるのだ。

「ああ、これこそが、私が求めていた占い師の態度だ」と。

愚かなカモたちよ。いくらでも、喜んでお前たちの話をしてやろう。お前たちの財産をすべて吸い尽くすまで。

♣騙しのテクニック

カモ自身を反映していないシステムは避けろ。

♠フィジカルコンタクト

そんな気づきを得てから、私のリーディングシステムはタロットから手相へと変わっていったのだが、実践を重ねるにつれて、手相占いの様式は，ラポール（信頼関係）という観点からも望ましいものだということがわかってきた。

手相を観るという大義名分で、クライアントの手に触れることができるからだ。フィジカルなコンタクトが生まれることで、親密さはより深まる。

考えてみたまえ。日常の生活の中で、数十分間にも渡って、手を取り合って話す相手がどれほどいるだろう。ましてや占い師などに助けを求めに来るあのカモたちが、温かみのある**接触**にどれほど飢えているかは、推《お》して知るべしだろう。

また、手を取ることで、カモの性格やいまの状態を知ることができる。外交的な性格なのか、内向的に閉じこもりがちなのか。リーディングを受けるにあたって、緊張しているのか、リラックスしているのか。視覚による情報では気づけなかったところまで掴めるものだ。

さらに、感触の変化を通して、カモの心の動きを察知することができる。リーディングの内容について反発したり、驚いたりするカモの心の動きは、手のひらの肉体的な反応に如実に現われるものだ。リーディングが外れているときには、手のひらが強張ったり、冷たくなる傾向がある。信頼関係が深まってくると、温かくなることが多い。トラウマに触れるような悩みの核心に近づくと、微妙に汗ばんでくるのが感じられることもある。

これらのフィードバックを確認しながらそのときそのときのリーディングをナビゲートしていくことができるのは、手相占いの大きなメリットだと言える。

しかし、手に触れられることを嫌がるカモももちろんいる。だから、必ず、「手を取らせていただいていいですか?」と確認を取ること。これを忘れてはいけない。もし「ノー」と言われたら、テーブルの上に手を開いて乗せてもらうようにすればいいだけのことだ。

いずれにしても、「触れてもいいですか？」と、気持ちを尊重して事前に確認してくれる占い師の配慮そのものが、カモの信頼感を深めることになる。「傷つけまいと配慮する繊細さをもって、私を守ってくれるこの占い師なら、心を預けてもいいかもしれない」と。かたくなに心を閉じているカモにほど、その効果は絶大なのだ。

些細なことのようだが、このことを過小評価してはならない。その効果の絶大さを考えれば、ほとんど秘儀と言っていいほどのノウハウなのだから。

♣騙しのテクニック

温もりと配慮を演出することで、信頼関係を深めろ。

♠ビリーバビリティーの問題

タロットカードよりも、手相占いのほうがカモを騙しやすい。これには、さらに別の根拠もある。

それは、ビリーバビリティー(believability)という問題だ。人を詐欺にかけるときに、十分に深く検討されなければならない極めて重要なポイントのひとつだ。

ビリーバビリティーというのは、簡単に言ってしまえば、**どの程度有り得るか**という基準だ。

「百ドルの元金が、三年で二倍になります」と言われれば金を出す人も、「百ドルを投資していただければ、明日には十万ドルにして返します」と保証されたら警戒するだろう。後者は前者に比べればあまりにも**有り得ない話**だと思えるからだ。この場合、「後者の話は、ビリーバビリティーが低い」と言う。

タロットという単なる紙のカードが人間の人生を映し出すのだと言われても、まともに信じようとする人のほうが少ないだろう。しかし、そういう人でも、たとえば、**心理テスト**の結果であれば受容できるかもしれない。

心理テストなら、自分の性格などが現われる科学的根拠が多少はあるように思えるからだ。少なくとも、偶然に配置されたカードで自分の人生が明かされるなどということよりは、ずっと有り得ることのように思える。

つまり、「心理テストは、タロット占いよりもビリーバビリティーが高い」ということになる。


手品師がハンカチから鳩《はと》を取り出すのを見て、私たちは、驚き、拍手喝采することに何の抵抗もないだろう。しかし、「真空の中から魔法で鳩を出現させました」などと言う手品師の言葉など、誰も信じてはいない。「その魔法を教えてくれ。どんどん鳩を空中から出して、鳩料理の店で稼げるから！」と、手品師に駆け寄る客などいない。ほんとうに魔法で鳩を出現させるなどという話は、あまりにもビリーバビリティーが低すぎるのだ。

「どういうふうにやったかはわからないけれど、魔法でないことだけはたしかだ。どこかに隠していた鳩を巧妙に取り出したにすぎない」と、誰もが思っている。

タロット占いを受けにくる人は、たしかにたくさんいる。しかし、これも、ほとんどの場合、シリアルの箱に印刷されている占いを読むような遊び感覚以上のものではない。手品と同じように、実際のところ本気にはしていないものだ。

いかにコールドリーディングを駆使しようが、タロット占いのようなビリーバビリティーの低いシステムを用いていては、せいぜいマジックショーの入場料程度の小銭をかすめとるのが限度だ。

このレベルの占いでは、コーヒー代を稼ぐことはできても、とても大金を巻き上げることなどできない。

また、ビリーバビリティーが低いシステムであまりにもズバリ当ててしまうと、むしろ、逆に怖がられてしまう。自分が答えた心理テストの結果が自分について語るなら、まだ理解できる。しかし、自分とはまったく関係のないタロットカードが自分の秘密を暴《あば》いてしまうとしたら、それはまったく恐ろしいことだ。

その恐怖は、しばしば、意識に昇ってくる前にブロックされてしまう。その結果、カモは、表面的には恐れを表さず、「当たっているけど、だから?」というような無関心をむしろ示すようになる。怖い現実を認めたくないがために、無感動に逃げ込むのだ。

経験の浅いコールドリーダーは、カモが驚いてくれないので、さらに有り得ない当て方で追い討ちをかけようとする。それがカモとのラポールにどれほど破壊的に働くか、想像に難くないはずだ。

カモは占い師に対して反発しはじめることだろう。追いつめられたネズミが猫に噛み付くように、占い師に対して「いかさまだ!」「その態度は侮辱的だ!」などと攻撃をはじめるのだ。

つまり、あまりに当たりすぎる占いというのは、むしろ、カモを遠ざけてしまうことがあるということに注意しなくてはならないということだ。

だから、占いのシステムには、「なぜ当たるのか」ということについての、何らかの理由づけの余地を残してやる必要があるのだ。

それでは、占いを止めて、ビリーバビリティーの高い心理テストを使えばいいのかというと、そうとも言えない。

心理テストは、科学的根拠がありそうであるがゆえに、逆に、**科学的な事実を超越したこと**を説明するのが困難になってしまう。身に危険が迫っているとか、この株に投資すると稼げるなどといった、未来を予知するようなリーディングは、理論上できなくなってしまうのだ。

性格診断や適職診断のようなお行儀のいいものには向いているだろうが、カモの欲やズルさや不安や恐怖心を徹底的に揺さぶり、大金を剥《は》ぎ取るのには、心理テストでは役不足なのだ。

　ビリーバビリティーが高すぎるのも、それもまた占い師や霊能者を名乗る詐欺師にとっては都合が悪いということだ。詐欺師にとって、ビリーバビリティーは高ければいいというものではない。かと言って低ければ相手にされない。そのバランスにこそ、成功の秘密があるのだ。


　そこで、手相占いの登場となる。カモ自身の手のひらのしわであるから、それが自分の人生を反映しているということは、まったく自分とは関係のないタロットカードの配置に意味があると言われるよりは、まだ有り得ることのように思える。しかし、心理テストよりは**非科学的**で神秘的な予言の余地は残されている。

　したがって、娯楽としての占いではなく、詐欺としてカモから大金を剥ぎ取るには、タロットカードよりも手相占いのほうが適しているということは、ビリーバビリティーの観点からも裏づけられるわけだ。

♣騙しのテクニック

常にビリーバビリティーのバランスを意識しろ。

♠グラフォロジー

最初はタロットカードからはじまった私の占いは、以上に述べたような理由から徐々に手相占いへと変遷していった。

しかし、手相占いというのは、それ自体がやや陳腐だ。手相を観てもらうことに慣れているカモは多い。なかなか、大金を騙し取るほどの強烈なインパクトには欠ける。そこで、次第に私は、グラフォロジー（筆跡分析）をメインのシステムとして採用するようになっていった。

グラフォロジーは、まずカモに文字を書かせるというところからスタートするから、最初からカモをリーディングに参加させることができる。タロットなどの場合は、カモは、「お手並み拝見」とばかりに、見物客の立ち位置からスタートする。その分だけ、カモをリーデングに巻き込むための、占い師の側の負担が大きくなってしまう。

ところが、グラフォロジーだと、占いの対象となる文字を書くのはカモのほうだ。

むしろ占い師のほうが見物者の立場で、一段上に立ってリーディングを進めることができるのだ。

なにより、グラフォロジーのビリーバビリティーは手相よりも高い。このことは、誰でも経験からわかるはずだ。たとえば、自信家は大きく筆圧の強い文字を書くが、謙虚な人間は小さく控えめな字を書く。それに、手相は、どう考えても一日二日で変化はしないが、筆跡はそのときの気分を如実に表す。緊張しているときには字も震えるし、焦っているときには文字が走る。より繊細に自分の心を反映する。筆跡に自分が現われているということは、どんな懐疑主義者でも納得できる。

だから経験を重ねるにつれて、私のニセ占いのシステムは、タロットから手相へ、そして手相からグラフォロジーへと移っていったのだ。

グラフォロジーの基礎的な知識を得るには、Hal Falcon, Ph.D. の"How to Analize Handwriting"あたりにざっと目を通すだけで、かなり説得力のあるリーディングができるはずだ。

ただし、グラフォロジーは、特にヨーロッパでは科学的な根拠が一般に認められているから、心理テストと同じように、ビリーバビリティーが高すぎるというきらいがある。グラフォロジーをリーディングのシステムとして採用する場合、エソテリック（秘教的）なニュアンスを強調したほうが効果的だ。

たとえば、「筆跡には科学的な根拠があって、犯罪捜査などにも取り入れられている」という説明よりは、「手書きの文字には、その人のエネルギーが映し出される」というような言い方のほうが適している。

その意味で、私は、占い師ではなく、サイキック（霊能者、超能力者）を名乗るようになった。グラフォロジーに移行してからは、アンティークに仕上げたタロットカードのような道具立ても、手相の解釈の勉強も必要なくなった。もはや私は、占いのシステムに縛られず、想像力のふくらむのに任せて、いかさまの限りを尽くすことができるようになったのだ。

お遊びの占いなら、タロットでもルーンでも手相でも、好きに使うがいい。しかし、カモを騙して大金を剥ぎ取るためには、グラフォロジーこそがもっとも理想的なリーディングシステムであることを私は確信するに至ったのだ。

♣騙しのテクニック

占い遊びを卒業したら、
もっとも理想的な
リーディングシステムである
グラフォロジーを採用せよ。

♠カモがほんとうに求めているものとは？

しかし、グラフォロジーを使いこなす霊能者はいくらでもいるのに、私ほどの大きな成功を収めているコールドリーダーはほとんど皆無と言っていい。これはなぜだろう？

それは、多くのコールドリーダーたちは、リーディングそのものの出来不出来にこだわるばかりで、カモがほんとうに求めているものを提供していないからだ。

コールドリーディングのほんの基本的なテクニックを見せつけるだけで、たしかに、カモを驚かせ、感心させることはできるだろう。しかし、カモが求めているのは、よく当たる占いなどではない。ましてや、適切なアドバイスなどではまったくない。

いつもは周囲から軽んじられている自分という存在を、ことさらに重要なもののように取り上げてもらえることで、エゴが満たされ、非日常的で刺激的な時間を過ごすことができるのだから、五、六十ドルの見料も決して高額ではないだろう。

しかし、数千万ドルから数万ドルの金を突っ込むとなると、話は別だ。

カモがほんとうに求めているものとは、何か？

気が遠くなるほどのリーディング経験を経て、私は、カモが占い師や霊能者に相談に来るほんとうの理由を悟ったのだ。

それが腑《ふ》に落ちてからというもの、まるで悪魔がとり憑《つ》いたかのように、私のリーディングは殺気と凄《すご》みを増していった。リピーターの数はロケットのように跳ね上がり、見料の単価も、千ドルが最低基準になった。忘れてはいけない。プロとしての私のリーディングは、わずか五ドルからスタートしたのだ！

私の成功の要因は、カモがほんとうに求めているものを私が提供したからだ。それに尽きる。

カモが、それほどの大金をつぎ込んででも欲しいと思っているもの。それは何か？

さあ、それをこれからひとことで言うから、よく肝に銘じるがいい。

カモが求めているもの――それは、**言い訳**だ。

これまでまったく恋愛がうまくいかなかったリザというカモを思い出す。

「どうしたらいい恋愛相手と出会えるでしょうか？」と、彼女は言う。

男運が悪い。それは家庭環境が悪かったのだ。リザは強調する。

しかし、気に入らないことがあると、気の済むまで自分の感情を爆発させてきたことが、度重なる恋愛の失敗の原因であることを、もちろん、リザ自身が誰よりもよくわかっていたはずだ。

しかし、「自分が悪いってことは、わかっているけれど、じゃあ、どうしたらいいの？」と、彼女は言う。

「じゃあどうしたらいいかだって？」私は、心の中で呆《あき》れたものだった。

まったく他人ごとじゃないか？　自分勝手に感情を相手にぶつけてきたのが悪かったのだとわかったなら、ただそれを改めるように努力していけばいいじゃないか？

もちろん、性格だから、すぐに改善できるものではないだろう。けれども、自分を変えようと本気で決めたなら、わずかの進歩であっても改善する努力を積み上げていくしかない。ただ、それだけのことじゃないか？

ほんとうのところ、リザは、自分の欠点に正直に向き合うつもりなど毛頭ないのだ。それでいて、誠実に向き合っているフリをする。他人ばかりか自分をも騙すその演技力のみごとさは、まったくもってオスカー像に値する。

リザだけではない。占い師や霊能者に相談にくるようなカモは、おしなべておなじようなズルさを持っている。もちろん意識的には、人生を前向きに生きるヒントを得ようと思っている。しかし、無意識の深いところでカモがほんとうに求めているのは、自分のズルさを正当化してくれる**言い訳**なのだ。

しかし、カモに説教をすることが私の仕事ではない。私は牧師ではなく詐欺師だ。

「リザ、自分を責めてはいけない。これまで恋愛がうまくいかなかったのは、君の弱さのせいじゃない。まったく別の理由があるんだよ――」

自分のズルさを正当化する言い訳を求めて、時間と金を使ってまで霊能者のところにやってくる。それが、カモという連中だ。その言い訳のためなら、やつらはいくらでもつぎ込んでくる。繰り返すが、**いくらでも**だ！

♣ 騙しのテクニック

カモのズルさを正当化する言い訳を与えてやれ。

♠なぜ、人は自分の前世を知りたがるのか？

そして、そのズルさを正当化してくれるもっとも理想的な言い訳こそが、前世なのだ。

自分のズルさの言い訳を、家庭環境や人間関係になすりつけたらどうだろう？　それは、否定される可能性がある。むしろ、ほんとうは自分が悪いのだという逃れようのない事実を突きつけられるかもしれない。

しかし、前世のせいにできれば、まったく安全だ。なぜなら、それが真実だということを証明しようにも、それは前世の話だから、裏の取りようがないのだ！

自分にとって都合のいい前世を、素朴に信じ込むことができる。

前世という舞台の上であれば、カモの望みどおりの言い訳を、いかようにでもデッチあげることができるのだ。

「――リザ、君は前世でね、ヒーラーだったんだ」

「ヒーラー?」

「そう。中世のころ、君は、北欧のとある小さな町に住んでいたんだ。透き通るような肌を持った美しい女性だった。病気がちで、ひっそりと暮らしてはいたが、人々の心の病や苦しみを癒すヒーラーとして、町の人たちからは尊敬と深い信頼を集めていたんだよ」

「私が?」リザの表情は輝いた。


霊能者のところに相談に来るような女だ。自分がかつては心を癒すヒーラーで、人々を精神的に導く役割を担っていたのだという話は、非常にリザを喜ばせた。

これは、コールドリーディングの定石でもある。「あなたはスピリチュアルな人だ」とか「あなたはとても綺麗なオーラを持っている」などというストックスピールほど、カモを満足させるものはない。

自分はスピリチュアルな感性が人よりも敏感なのだと思い上がっていなかったら、

霊能者のもとに相談に訪れたりはしないものだ。


「君は、町中の人たちの心の苦しみを自らの苦しみとして受け止めてあげた。たくさんの人たちの苦しみや恐怖の感情を、すべて背負い込んで生きてきたんだ。だから、リザ、いいかい？　君が現世において、恋愛や人間関係で、感情のアップダウンに敏感に苦しめられてしまうのは、そのころの生活の残滓《ざんし》なんだよ」

「ああ、そうだったのね。私は、弱い人間なんだと思って自分を責めていたけれど、それで納得できたわ」

「そうとも。弱いどころか、君は強い愛に満ちた存在なんだよ。感情の嵐に吹き飛ばされそうで苦しいこともあるだろうが、リザ、そのことで自分が悪いだなんて思ったら、前世で君が行ってきた深い愛を否定することになるんだ」

「私、もっと自分を大切にしてあげなくちゃいけなかったのね」

「そうとも。その上で、いい恋愛ができる方法を探していこう」

「私でも、できるかしら？　いい恋愛が」

「言ったろう？　前世の君は、強い愛に満ちた存在だった、って」

「ええ」

「だったら、ほんとうに深い愛で結ばれる相手と出会えるにきまっている。時間をかけて、それを一緒に見つけていこうよ」

「ありがとう！　何か、すごく勇気をもらったわ——」


笑い事ではない。リザのケースは一例にすぎない。まったく同じ**北欧のヒーラー**のシナリオで、リザと同じように借金をしてまで私に大金をもたらしてくれたカモはいくらでもいたのだから。

ついでにいくつか例を挙げよう。

たとえば、何度ダイエットにチャレンジしても、暴飲暴食をやめられぬ意志の弱いカモには、次のようなシナリオが効果的だ。

「あなたは、前世では僧侶だったのですが、貧しい人のために自分の分の食べ物まで施《ほどこ》して、ついには、餓死して死んでしまいました。いいですか？　他人のために、自分は餓死するまで空腹に耐えられるほどの、高貴で強い意志をあなたはもっていたのです。だから、現世で、ダイエットがうまくいかなかったとしても、意志が弱いだなんて、自分を責めてはいけない……」

また、何度もビジネスを起業するが、ことごとく失敗してきて、自分は無能なのかもしれないと落ち込んでいるカモには、次のような前世がアピールすることだろう。

「前世であなたは栄華を極めた王様だったのです。贅沢の限りを尽くし、お金や財産といったものは、前世でもう十分に得てきたのです。成功なら、あなたは、もう前世で嫌というほど成し遂げてきたのです。だから、現世では、物質的な成功ではなく、スピリチュアルなリーダーになることがあなたの使命なのです。あなたはたくさんの人の魂を導いていくグルになることでしょう……」

まったくもって、ズルい人間ばかりなのだ。私の**成功**が、そのことを証明しているではないか。

自分の欠点に誠実に向き合い、それを克服すべく、一歩いっぽを辛抱強く積み上げていくことは、ほんとうに辛く厳しいことには違いない。

しかし、すべてはギブアンドテイクだ。

それでも自分を向上させようと努力を諦《あきら》めない人は、やがて、健全で力強い人生という果実を得るだろう。別の何かに責任をなすりつけて、自分は汗もかかず、傷つきもせず楽をしたいという人は、その代価として財産を騙し取られることだろう。

どちらを選ぶか。それは、あくまでも本人次第だ。

♣騙しのテクニック

前世に言い訳を
なすりつけてやれ。
カモは全財産をつぎ込んでくる。

第2章

リアルセッション

私の前世カウンセリングの実際のセッションを録音したカセットテープが手元にある。例として、それをほぼそのまま書き出してみよう。私がどのようにカモの求めている**言い訳**を提供していったのかを、具体的に理解してもらえることだろう。

まずはひと通り見た後で、各フェーズごとに解説をしよう。

♠フェーズ1

「ハイ」

「ハロー。名前は?」

「ダイアンよ」

「ダイアン、会えて嬉しいよ。リーディングを受けるのははじめてだね?」

「いいえ。占いとかはけっこう好きで、よく観てもらいにいくわ」

「でも、僕の前世リーディングを受けるのははじめてだよね?」

「ああ、そういう意味ね。ええ、前から受けてみたいとは思ってたけど、ちょっと怖いみたいで」

「ははは。怖いことなんかないよ。なにか心地悪いことがあったら、遠慮なく言ってくれればいい」

「そうするわ。ありがとう」

「じゃあ、さっそくはじめようか」

「ええ」

「ペンと紙を持っているかい？」

「ペンと紙？」

「君の筆跡が見たいんだ。書き慣れた紙とペンのほうが、エネルギーが繊細に現われやすいんだが」

「ちょっと待ってね……ええっと（カバンの中をかき回す音）……手帳の紙でもいい？　それとも、もっと大きい紙がいいかしら？」

「それで十分だよ。どこかページを破って、それに書いてくれるかな」

「ええ。何を書けばいいの？」

「名前と、それから、生年月日ぐらいで十分だな」

「わかったわ。えっと……これでいいかしら？」

「こっちにもらえるかな。……ああ、ありがとう。ちょっとの間、筆跡に込められたエネルギーに集中させてもらうよ」

「ええ」

「（深く息を吐く）」

「（緊張した様子で、小さく咳払い）」

――数十秒間の沈黙――

♠フェーズ2

「……結婚しているね？」

「ええ」

「どのくらいになる？」

「もう三年になるわ」

「子供はいないね」

「ええ、いないわ」

「ご主人に対して、なにか違和感のようなものを持ちはじめているね？」

「違和感どころか、嫌悪感と言ってもいいわ」

「わかるよ。彼は君のことをまったく理解しようとしていない。昨日だって……」

「そうなの。昨日も、ガレージのシャッターの調子が悪いことを相談したのに、ジョッシュはまったく無関心で。お互いに仕事を持っているのに、家のことはいつも私に押しつけるのよ。用事があってもそんな感じだから、普段はもうまったく会話なんてないわ」

「いつぐらいから、そんなふうに心が離れるようになったのかな?」

「さあ、どうかしら? 結婚して、すぐだったと思うわ」

「最初は、お互いに無理をしていたのかもしれないね」

「ええ、ほんとうにそうね」

「君は、人と会うことの多い仕事をしているね。セールスとか、コンサルタントとか、あるいは……」

「ええ、投資コンサルタントなの。よくわかったわね。そんな堅い仕事をしているようには見えないって言われることが多いんだけど」

「たしかに、君は、表面的には家庭的なムードがあるけれども、精神的にはかなり自立した女性だ。筆跡に込められたエネルギーから伝わってくる」

「ほんとうに、まったくそのとおりなの。ほんとうの私は、みんなが思うような家庭的なタイプじゃないのに」

「ああ、家庭よりも仕事に夢中だ。仕事はまったく順調だね」

「ええ。とっても」

♠フェーズ3

「それで……恋人とは、どのくらいになる？」

「え？」

「付き合っている人がいるよね？」

「驚いたわ。すっかり見透かされているのね」

「彼と付き合ってどれくらい？」

「ちょうど半年になるわ」

「若い人だね？」

「いいえ。サイモンはジョッシュよりもずっと年上よ」

「そう？　でも、精神的にはものすごく若々しいんじゃないかい？」

「ううん。むしろジョッシュのほうがずっと子供っぽい。サイモンは、独身だけれども、すごく落ち着いているの。ちゃらちゃらしたところなんかぜんぜんないし」

「でも、セックスにおいては、サイモンのほうがバイタリティーがあるんじゃないかい？」

「ううん。激しさっていうよりも、むしろ安らげるセックスだと思うけど」

「そう？　でも、おかしいな。どうしてだろう？　すごく若々しいエネルギーを感じるんだが……」

「……」

「何か思い当たることはないかい？」

「あの……」

「うん」

「もしかすると……」

「ああ」

「お腹の子のことかしら……」

「サイモンの子を身ごもっているんだね？」

「ええ、先週わかったばかりなんだけれど」

「なるほど。その新しい生命のエネルギーを感じたわけだ。どうりでリーディングが混乱したはずだ」

「すごいわ。妊娠していることは、主人にも友人にもまったく気づかれていないのに」

♠フェーズ4

「それじゃあ、君の前世を霊視させてもらっていいかい？」

「ええ（緊張した感じの咳払い）」


——数十秒間の沈黙——


「……なるほど。そういうことか」

「どういうこと？」

「ダイアン、君は前世でね」

「ええ」

「サイモンの恋人だったんだ」

「やっぱり。そんな気がしていたわ」

「サイモンは若く、勇敢な兵士だった」

「そう」

「彼は、戦場から何通もの手紙を君に送った。その最後の手紙で、戻ったら結婚しようと君にプロポーズしたんだ」

「……」

「ところが、悲しいことに、彼は生きて君の元に帰ることができなかった。仲間をかばうために、犠牲となって戦死したんだ……」

「そんな」

「君は、プロポーズされたあの手紙を、死ぬまで、一日も欠かさず大切に繰り返して読んだ。六十歳くらいで亡くなったが、それまで結婚も恋愛もせず、彼との約束を守り続けたんだ」

「そう」

「いま、君は、罪悪感に苦しんでいるね。結婚しているのに、他の男性の子を身ごもっ

てしまったことに――。それが、ご主人に対する嫌悪感となって現われていること
にも、君はほんとうは気づいているはずだ」
「ええ……」
「しかし、自分を責めてはいけないよ、ダイアン。君は、自分の欲望やきまぐれで
不倫をするような人であるはずがない。なにしろ、前世では、サイモンとの真実の
愛を死ぬまで貫いたんだから」
「(すすり泣く声で)ありがとう」
「だから、君とサイモンは結ばれなくてはならない。これは前世からの誓いなんだ。
前世で誓い合った愛が、いま君の中に育っている命なんだよ」
「ええ」

♠フェーズ5

「勇気を出して、離婚する方向で考えてみればいい」

「でも、いくらすれ違ってきたとはいっても、ジョッシュを傷つけることを考えると……」

「離婚が、ジョッシュの人生にもプラスにならないとはいえない」

「そうだといいけれど」

「ジョッシュの前世がどうだったかにもよるけれどね」

「そうね。彼の前世を観ることもできるの？」

「できると思うよ。ただ、この場所にいない人の前世を観るとなると、かなりのエネルギーが必要になるけれども」

「ねえ、ジョッシュの前世リーディングをしてもらえないかしら」

「予約がいっぱいで、半年ほど先になってしまうが――」

「お願い。そんなに待てない状況なのは、わかるでしょう？」

「たしかにそうだね。わかったよ。努力してみよう。ただ、特別なセッションになるから、通常よりも高額な料金をいただくことになるけれど、大丈夫かい？」

「ええ。彼を傷つけずに離婚する方法を知るためなら——」

第3章

リアルセッションの解説

私のリーディングは、極めて短い時間で追い込みをかける。だらだらとやっていては、効率が悪い。カモの回転率を上げることで、その分だけ多くのドルをかき集めることができるのだ。

そのために、私は、リーディングを五つのフェーズに分けている。この流れを意識しながら展開していくことで、ポイントを押さえた、無駄のないリーディングができるのだ。

以下が、五つのフェーズだ。

①リーディングのヒントとなる情報を集める。

②グラフォロジーやストックスピールなどを使い、一般的なリーディングを進めながらカモを信頼させ、問題を絞り込んでいく。

③パンピング／フィッシングの手法を使いながら、カモの求めている言い訳を探っていく。

④カモのズルい面を正当化するような前世をでっちあげる。
⑤次回のセッションにつなげる。

もちろん、カモの反応によっては、必ずしもこの順番どおりに進めることができない場合もあるし、無理にそうする必要もない。流れに乗るということがなによりも大切だ。また、リーディングがおかしな方向に流れてしまっても、これらのフェーズが頭の中にあれば、容易に軌道修正をすることができる。

すべてのフェーズの中にも、ストックスピールや、ミスに対処するテクニックなどをちりばめていき、リーディングに厚みを出していくべきであるということは言うまでもない（注：ストックスピール、ミスに対処するテクニック、パンピング／フィッシングなどの基礎的な技法については、『コールドリーディング入門』参照）。

では、これから、リーディング実例を五つのフェーズに沿って解説していこう。

♠フェーズ1：リーディングのヒントとなる情報を集める

「ハイ」

「ハロー。名前は？」

「ダイアンよ」

「ダイアン、会えて嬉しいよ。リーディングを受けるのははじめてだね？」

「いいえ。占いとかはけっこう好きで、よく観てもらいにいくわ」

「でも、僕の前世リーディングを受けるのははじめてだよね？」

「ああ、そういう意味ね。ええ、前から受けてみたいとは思ってたけど、ちょっと怖いみたいで」

「ははは。怖いことなんかないよ。なにか心地悪いことがあったら、遠慮なく言ってくれればいい」

「そうするわ。ありがとう」

「じゃあ、さっそくはじめようか」

「ええ」

「ペンと紙を持っているかい？」

「ペンと紙？」

「君の筆跡が見たいんだ。書き慣れた紙とペンのほうが、エネルギーが繊細に現われやすいんだが」

「ちょっと待ってね……ええっと（カバンの中をかき回す音）……手帳の紙でもいい？　それとも、もっと大きい紙がいいかしら？」

「それで十分だよ。どこかページを破って、それに書いてくれるかな」

「ええ。何を書けばいいの？」

「名前と、それから、生年月日ぐらいで十分だな」

「わかったわ。えっと……これでいいかしら？」

「こっちにもらえるかな。……ああ、ありがとう。ちょっとの間、筆跡に込められたエネルギーに集中させてもらうよ」

「ええ」

「（深く息を吐く）」

「（緊張した様子で、小さく咳払い）」

――数十秒間の沈黙――

読者もご承知のとおり、コールドリーディングというのは、事前の準備なしにリーディングをすることを言う。一方、**ホットリーディング**というのは、事前になんらかの方法でカモの情報を仕入れておいた上で行うリーディングのことだ。

昨今ではインターネットでちょっと検索をかければ、カモの個人情報がごっそりと手に入るのだから、事前に誰のリーディングをするのかがわかっているのなら、調べておかない手はないだろう。

しかし、私がニセ霊能者として活動していたころには、そんなありがたいものはなかった。

また、テレビやラジオなどで活躍しているニセ霊能者のほとんどがそうしているように、アシスタントにカモの身辺調査をさせておくというようなことも、私はしなかった。一匹狼だったこともあるが、事前にカモを尾行して情報を集めておくなどという小細工に頼るなどということは、騙しのプロとしてのプライドが許さなかったのだ。

また、待合室のミラーガラスから、カモの様子を観察して情報を集めるという陳腐《ちんぷ》な手口も、私は使ったことがない。何しろ、私がリーディングをする場所は、ジェイソンズカフェか、どこか指定された店か、あるいはカモの自宅だったのだから、仕掛けのある鏡を壁に仕込むなどということができるはずがない。

私が自分の場所を持たなかったのは、いざというときに、すぐに雲隠れできるからだ。トリックのある鏡を残して失踪したら、それまでのセッションがいかさまだった証拠を残すことになるではないか。そんなみっともない真似などできるものか。

カモに関する事前情報がまったくなくとも、リーディングをしながら情報を得ていき、それを利用しながらリアルタイムにリーディングを展開していくのが、コールドリーディングの本来の醍醐味なのだ。

だが、ただぼんやりと情報が提供されるのを待っているようではキレのあるリーディングはできない。カモが、知らず知らずのうちに自分の情報をぽろっとこぼしてしまうように、こちらから仕掛けていかなくてはならない。

リーディング実例の冒頭で、私がどんなふうにそれを仕掛けたか。そのさりげないトリックに、読者はすでに気づかれたことと思う。

まず、冒頭の部分に注意していただきたい。

「ダイアン、会えて嬉しいよ。リーディングを受けるのははじめてだね?」
「いいえ。占いとかはけっこう好きで、よく観てもらいにいくわ」

「でも、僕の前世リーディングを受けるのははじめてだよね?」

「ああ、そういう意味ね。ええ、前から受けてみたいとは思ってたけど、ちょっと怖いみたいで」


ここで、私は、カモが、どの程度、占いやリーディングに慣れているかを探っている。

「リーディングを受けるのははじめてですか?」と聞いたら、それは普通の質問だ。

「あなたは霊能者なのだから、そのくらいのことは聞かなくてもわかるんじゃないですか?」と突っ込まれるのがオチだ。

しかし、この例のように、「リーディングを受けるのははじめてだね?」と言えば、これは半ば断定であって、普通の質問ではない。このセリフの「リーディング」は、ふたとおりに解釈できる。**「一般的なリーディング」**と**「私のリーディング」**だ。

だから、「リーディングを受けるのははじめてだね?」と断言した私の言葉は、決して間違いにはならないのだ。この例のように、カモが「いいえ。占いとかはけっこう好きで、よく観てもらいにいくわ」と答えた場合にも、「僕の前世リーディングを受けるのははじめてだよね？」という意味で言ったのだと切り返せばいい。もし、「ええ、リーディングを受けるのははじめてよ」とカモが答えたらなら、私のセリフは的中したことになる。

いずれにしても、このセリフによって、このカモに、占いやリーディングの経験がどのくらいあるかが分かる。それに応じて、リーディングを進めていくことができるのだ。

ダイアンの場合は、よく占いに行くという。だから、リーディングに対しての抵抗はほとんどないと考えていい。積極的に自分のほうからいろいろ情報を出してくるだろうと予測できる。

逆に、占いに慣れていないカモだと分かったら、自ら積極的に話させるために、雑談の時間を多くとり、リラックスさせてやる必要がある。

「ペンと紙を持っているかい?」

「ペンと紙?」

「君の筆跡が見たいんだ。書き慣れた紙とペンのほうが、エネルギーが繊細に現われやすいんだが」

「ちょっと待ってね……ええっと（カバンの中をかき回す音）……手帳の紙でもいい? それとも、もっと大きい紙がいいかしら?」


グラフォロジーを使うので、当然、何かをカモに書かせる必要がある。しかし、なぜ、あらかじめ紙とペンを用意しておかず、カモ自身のものを使うのか?

「書き慣れた紙とペンのほうが、エネルギーが繊細に現われやすい」というのは、もちろん、言い訳に過ぎない。

ほんとうの理由は、カモに自分のカバンを開けさせ、紙とペンを出させるためなのだ。

カモが持ち物の中から筆記用具を探している間に、私は、さりげなくカバンの中を覗くことができる。それによって、カモに関する情報のヒントを掴むのだ。

たとえば、カバンの中にペーパーバックのミステリがちらりと見えたら、その情報を取っておいて、リーディングの後のほうで、「どこか待合室のようなところで、本を読んでいるあなたが見える……」というような**透視**で驚かせることができる。

また、もし処方された薬の袋があったなら、「白い服を着た人物があなたに何かを手渡すのが見える」ともったいつけて言えば、カモは、自分が病院か薬局にいるところを霊視されたのだと信じるだろう。

実際、カバンの中をほんの一瞬だけ覗くことで、リーディングのヒントをいくつも得ることができるものだ。

カバンの中身だけではない。

カモが取り出したペンと紙。それ自体も多くのことを教えてくれる。BICのペン（注：BIC社のペンは、世界中で使われている庶民的なペン）か、カルティエの万年筆か。その違いから、カモの生活水準までが垣間見えるだろう。

ダイアンの場合も、ブランドもののかなり高級そうなボールペンを出してきた。おそらくは、人前で筆記具を出すことの多い、なにか知的な仕事をしているに違いないと推理することができるわけだ。

そして、もっとも大きなヒントとなったのは、紙のほうだ。ダイアンは、手帳を出してきたので、その中のページを破ってもらった。そのときに、手帳の中身を少しだけ覗き見ることができたのだ。スケジュール欄には、人の名前がびっしりと書き込まれていた。

このことから、人と会うことの多い仕事。しかも、高級なペンから分かるように、知的さをアピールしたり、身なりを重視するような仕事をしているに違いない。また、びっしりと書き込まれたスケジュールからも、その仕事が順調に行っていることが分かる。

もし、私のほうで紙とペンを用意していたなら、いま述べたようなことを知ることはできなかったはずだ。カモに、その場で自分の筆記具を出させることで、実に多くのヒントを掴むことができるのだ。

もちろん、カバンの中身や筆記具から得たヒントを、すぐに口にしてはいけない。「カバンの中を見たな？」とか「ペンを見てそう推理したんだな」などと勘ぐられてしまう可能性があるからだ。このタイミングで掴んだ情報は、すこし時間を置いてからリーディングに反映させる必要がある。

♠フェーズ2：グラフォロジーやストックスピールなどを使い、一般的なリーディングを進めながらカモを信頼させ、問題を絞り込んでいく

「……結婚しているね？」
「ええ」

「どのくらいになる？」

「もう三年になるわ」

「子供はいないね」

「ええ、いないわ」

「ご主人に対して、なにか違和感のようなものを持ちはじめているね？」

「違和感どころか、嫌悪感と言ってもいいわ」

「わかるよ。彼は君のことをまったく理解しようとしていない。昨日だって……」

「そうなの。昨日も、ガレージのシャッターの調子が悪いことを相談したのに、ジョッシュはまったく無関心で。お互いに仕事を持っているのに、家のことはいつも私に押しつけるのよ。用事があってもそんな感じだから、普段はもうまったく会話なんてないわ」

「いつぐらいから、そんなふうに心が離れるようになったのかな？」

「さあ、どうかしら？　結婚して、すぐだったと思うわ」

「最初は、お互いに無理をしていたのかもしれないね」

「ええ、ほんとうにそうね」

「君は、人と会うことの多い仕事をしているね。セールスとか、コンサルタントとか、あるいは……」

「ええ、投資コンサルタントなの。よくわかったわね。そんな堅い仕事をしているようには見えないって言われることが多いんだけど」

「たしかに、君は、表面的には家庭的なムードがあるけれども、精神的にはかなり自立した女性だ。筆跡に込められたエネルギーから伝わってくる」

「ほんとうに、まったくそのとおりなの。ほんとうの私は、みんなが思うような家庭的なタイプじゃないのに」

「ああ、家庭よりも仕事に夢中だ。仕事はまったく順調だね」

「ええ。とっても」

さて、ここでは、まず、グラフォロジーのテクニックを使ってリーディングを前進させている。


「……結婚しているね？」

「ええ」

「どのくらいになる？」

「もう三年になるわ」

「子供はいないね」

「ええ、いないわ」

「ご主人に対して、なにか違和感のようなものを持ちはじめているね？」

「違和感どころか、嫌悪感と言ってもいいわ」


ダイアンは、ウエディングリングをしていたので、結婚していることは分かる。結婚三年目でこれほどタフに仕事をしているのなら、おそらく子供はいないだろうと読める。ここまでは常識的に分かることだ。問題は、**夫婦関係に問題があることが、どうして私に分かったのか**ということだが、ここでグラフォロジーが活きてくる。

実は、ダイアンが書いた名前にはひとつの際立った特徴があった。ダイアン・ヘンダーソン（Dian Henderson）の、姓（Henderson）のほうの筆跡は、名（Dian）に比べて著しく小さく、しかも雑なものだったのだ。

これは、何を意味するか？

グラフォロジーの観点から言って、これは、**無意識のうちに姓に反発を感じている、もしくは目をそらそうとしている**ということを意味する。だから、姓、つまり、旦那のファミリーネームに不満があるということは、要するに、夫婦関係がうまくいっていないということだろうと推測できるのだ。

「わかるよ。彼は君のことをまったく理解しようとしていない。昨日だって……」

「そうなの。昨日も、ガレージのシャッターの調子が悪いことを相談したのに、ジョッシュはまったく無関心で。お互いに仕事を持っているのに、家のことはいつも私に押しつけるのよ。用事があってもそんな感じだから、普段はもうまったく会話なんてないわ」

昨日の出来事をあたかも透視しているかのようなつもりで、「わかるよ。彼は君のことをまったく理解しようとしていない。昨日だって……」と言いかけて言葉を中断させる。

人は、何かが中途半端な状態にあると心地悪く感じるもので、無意識的に、それを完結させようとしてしまう。たとえば、「今日は四月の……」とだけ言って待っていれば、こちらが「何日でしたっけ？」と尋ねなくても、聞いている人のほうが「三日です」というように勝手に情報を補ってくれる。

だから、「昨日だって……」というふうに文章を途中で終わらせると、カモは、その文章の続きを自然に自分から話してくれるのだ。

もちろん、昨日なにがあったのかなんて、私はまったく知らない。ただ、カマをかけただけのことだ。しかし、夫に不満をもっているダイアンとしては、昨日だって愚痴を言いたいようなことがなにかしらあったに違いないのだ。

これによって、カモのほうから情報を出させることができる。

カモが後からリーディングの内容を振り返るとき、「昨日のことまで透視された！」という強烈な印象となって思い出されるのだ。


「君は、人と会うことの多い仕事をしているね。セールスとか、コンサルタントとか、あるいは……」

「ええ、投資コンサルタントなの。よくわかったわね――」


仕事については、先ほど述べたように、ダイアンの手帳からヒントを得たのだ。

さらにここで、「君は、人と会うことの多い仕事をしているね。セールスとか、コンサルタントとか、あるいは……」と、文章を途中で終わらせることで、その先の情報をカモ自身に言わせるというテクニックが使われている。

実際には、私は、**人と会うことが多い仕事に違いない**ということしか言っていないのに、ダイアンからすれば、「投資コンサルタントをしていることを当てられた！」と思い込んでしまいやすくなる。

「――そんな堅い仕事をしているようには見えないって言われることが多いんだけど」
「たしかに、君は、表面的には家庭的なムードがあるけれども、精神的にはかなり自立した女性だ。筆跡に込められたエネルギーから伝わってくる」
「ほんとうに、まったくそのとおりなの。本当の私は、みんなが思うような家庭的なタイプじゃないのに」

ダイアンは、「周りの人から私は理解されていない」と思っていた部分を、「この霊能者には分かってもらえた」と感じたはずだ。これによって、私への信頼がぐっと深まるわけだ。

これはコールドリーディングの初歩中の初歩のテクニックに過ぎないということは、読者もよくご存知だろう。

つまり、**相手の表面的な印象の逆を評価する**という定石だ。

どんな人間も、「私は、人から誤解されている。表面的な自分はほんとうの自分ではない」と感じているものだ。「自分はもっと深い人間なのだ。表面に現われている部分だけでみんな評価するけれど、私はそんなに薄っぺらい人間ではない」と思いたいのだ。

だから、表面的な印象の逆の性格としてカモを評価してやればいい。たとえば、弱々しい男性には、「逞《たくま》しさを内包している」と言ってやり、いっぽうマッチョで傲慢《ごうまん》な印象のカモには「実は繊細で傷つきやすいところがある」と認めてやれば、食いついてくる。知的で自立した女性には「ほんとうは家庭的なところがある」と言い、ダイアンのような童顔で家庭的な印象の女性には、「実際には、自立した女性だ」と言ってやれば喜ぶのだ。


「ああ、家庭よりも仕事に夢中だ。仕事はまったく順調だね」

「ええ。とっても」


さて、ここで私は疑問に思ったことがある。

仕事のできる自立した女性が、嫌悪感しか残っていない結婚生活に終止符を打つことに、いったい何を迷っているのか？　自分の仕事を持ち、順調にいっている。離婚しても経済的な問題はないはずだ。子供もいない。

いったい、何を躊躇《ちゅうちょ》しているのか？　占いやリーディングに、何かの言い訳を求めているはずだ。どんなズルさを、ダイアンは隠そうとしているのか？

何かやましいところがあるに違いない。彼女のほうにも、後ろめたいところがあるから、きっぱりと離婚に踏み切れないに違いない。

そう考えたとき、ダイアンには男がいるのかもしれないという考えが浮かんだのだった。

♠フェーズ3：パンピング／フィッシングの手法を使いながら、カモの求めている言い訳を探っていく

「それで……恋人とは、どのくらいになる？」

「え？」

「付き合っている人がいるよね？」

「驚いたわ。すっかり見透かされているのね」

「彼と付き合ってどれくらい？」

「ちょうど半年になるわ」

「若い人だね？」

「いいえ。サイモンはジョッシュよりもずっと年上よ」

「そう？　でも、精神的にはものすごく若々しいんじゃないかい？」

「ううん。むしろジョッシュのほうがずっと子供っぽい。サイモンは、独身だけれども、すごく落ち着いているの。ちゃらちゃらしたところなんかぜんぜんないし」

「でも、セックスにおいては、サイモンのほうがバイタリティーがあるんじゃないかい？」

「ううん。激しさっていうよりも、むしろ安らげるセックスだと思うけど」

「そう？　でも、おかしいな。どうしてだろう？　すごく若々しいエネルギーを感じるんだが……」

「……」

「何か思い当たることはないかい？」

「あの……」

「うん」

「もしかすると……」

「ああ」

「お腹の子のことかしら……」

「サイモンの子を身ごもっているんだね？」

「ええ、先週わかったばかりなんだけれど」

「なるほど。その新しい生命のエネルギーを感じたわけだ。どうりでリーディングが混乱したはずだ」

「すごいわ。妊娠していることは、主人にも友人にもまったく気づかれていないのに」


ここからパンピングまたはフィッシング——つまり、カマをかけ、探りを入れながら、カモの求めている言い訳の核心に切り込んでいく。

「それで……恋人とは、どのくらいになる？」
「え？」
「付き合っている人がいるよね？」
「驚いたわ。すっかり見透かされているのね」

ダイアンには愛人がいる。そのことへの罪悪感が、自分から離婚を切り出すことを躊躇させているのではないか。それは、もちろん、仮説に過ぎない。だが、もしこの推理がヒットすれば、ダイアンを決定的に驚愕させることができる。リーディングのフェーズも後半に差し掛かったところだからこそ、勝負に出るべきなのだ。

結果としてはこれが功を奏したが、もし仮にハズレだったとしても、それはひとつの解釈ミスに過ぎないので、リーディング全体にとっては大きな問題にならない。

ミスをしたときにどう対処するかを示すためのいい例が、ちょうどその次からの一連の会話の中に出てくるので見てみよう。


「彼と付き合ってどれくらい？」

「ちょうど半年になるわ」

「若い人だね？」

「いいえ。サイモンはジョッシュよりもずっと年上よ」


夫との間で満たされないセックスを、若い男との火遊びで補う。愛人は、若い男に違いない。そう考えるのはたしかに妥当だ。しかし、現実は違っていたわけだ。しかし、リーディングが外れても、決して慌てて誤魔化そうとしてはならない。私は、霊視した印象の**解釈**を間違えただけで、私の霊視や私の霊能力そのものがそれによって否定されるものではない。そういうスタンスで押し切るのだ。

「そう？　でも、精神的にはものすごく若々しいんじゃないかい？」

「ううん。むしろジョッシュのほうがずっと子供っぽい。サイモンは、独身だけれども、すごく落ち着いているの。ちゃらちゃらしたところなんかぜんぜんないし」

「でも、セックスにおいては、サイモンのほうがバイタリティーがあるんじゃないかい？」

「ううん。激しさっていうよりも、むしろ安らげるセックスだと思うけど」


年齢的には**若い**とはいえなくても、精神的に若いという解釈なら成立するのではないか？　というふうに、シフトさせたのだ。しかし、これもまたハズレだった。

ならば、年齢的にも精神的にも夫のほうが若いが、セックスの面ではどうだろう？

セックスの激しさという意味で言えば、結婚して三年目の夫よりは、愛人のほうが若々しいに違いない。

しかし、これもヒットしなかった。明らかに、ダイアンは、愛人に、激しさや若々しさよりも、落ち着きや包容力を求めていたのだ。


「そう？　でも、おかしいな。どうしてだろう？　すごく若々しいエネルギーを感じるんだが……」

「……」

「何か思い当たることはないかい？」

「あの……」

「うん」

「もしかすると……」

「ああ」


どんなにハズレても、間違っていたのは私の解釈であって、**霊視そのものはなにか**

正しい事実を伝えているに違いないと信じている雰囲気を崩してはならない。
そうすると、今度は、カモも積極的に解釈の努力に加わってくれるようになるのだ。

「お腹の子のことかしら……」
「サイモンの子を身ごもっているんだね？」
「ええ、先週わかったばかりなんだけれど」

考えてみれば、**愛人は若い男性だ**というリーディングから、**妊娠**に結びつけるのは、かなりの飛躍だ。しかし、カモは、もともと心に隠していたこの妊娠の事実を、霊能者になんとか気づいて欲しいと思っている。だからこそ、すこしでもリンクする部分があれば、それをきっかけに話しはじめるのだ。

「なるほど。その新しい生命のエネルギーを感じたわけだ。どうりでリーディングが混乱したはずだ」

「すごいわ。妊娠していることは、主人にも友人にもまったく気づかれていないのに」

ここに来て、これまでのミスがすべて正当化された。私のリーディングがハズレていたのは、ダイアンのエネルギーだけでなく、彼女の中で育っている新しい生命のエネルギーをも感じていたからだ、と。これによって、普通にヒットさせたときよりも、リーディングの信憑性《しんぴょうせい》はかえってずっと高まるのだ。あたかも、超能力者がスプーン曲げに失敗したとき、「手品だったら必ず成功するはずだ。失敗するということは、ほんものの超能力に違いない！」とリアリティが増すように。

そして、ダイアンの最後のセリフに注意して欲しい。「すごいわ。妊娠していることは、主人にも友人にもまったく気づかれていないのに」と彼女は感心する。しかし、妊娠している事実を、私が当てたわけでも、霊視が示していたわけでもまったくない。それは彼女自身がもらした情報なのだ。それなのに、あたかも透視されたように錯覚してしまう。

これが、パンピング／フィッシングの効果なのだ。

♠フェーズ4：カモのズルい面を正当化するような前世をでっちあげる

「それじゃあ、君の前世を霊視をさせてもらっていいかい？」

「ええ。（緊張した感じの咳払い）」

――数十秒間の沈黙――

「……なるほど。そういうことか」

「どういうこと？」

「ダイアン、君は前世でね」

「ええ」

「サイモンの恋人だったんだ」

「やっぱり。そんな気がしていたわ」

「サイモンは若く、勇敢な兵士だった」

「そう」

「彼は、戦場から何通もの手紙を君に送った。その最後の手紙で、戻ったら結婚しようと君にプロポーズしたんだ」

「……」

「ところが、悲しいことに、彼は生きて君の元に帰ることができなかった。仲間をかばうために、犠牲となって戦死したんだ……」

「そんな」

「君は、プロポーズされたあの手紙を、死ぬまで、一日も欠かさず大切に繰り返して読んだ。六十歳くらいで亡くなったが、それまで結婚も恋愛もせず、彼との約束を守り続けたんだ」

「そう」

「いま、君は、罪悪感に苦しんでいるね。結婚しているのに、他の男性の子を身ごもってしまったことにね。それが、ご主人に対する嫌悪感となって現われていることにも、君はほんとうは気づいているはずだ」

「ええ……」

「しかし、自分を責めてはいけないよ、ダイアン。君は、自分の欲望やきまぐれで不倫をするような人であるはずがない。なにしろ、前世では、サイモンとの真実の愛を死ぬまで貫いたんだから」

「（すすり泣く声で）ありがとう」

「だから、君とサイモンは結ばれなくてはならない。これは前世からの誓いなんだ。前世で誓い合った愛が、いま君の中に育っている命なんだよ」

「ええ」

ダイアンは、不倫をし、妊娠をしたことに罪悪感を感じている。だから、どんなに夫の態度が悪くても、自分から離婚に踏み切れないでいるのだ。

そうでなければ、彼女の本来の性格から言っても、冷徹《れいてつ》なまでにきっぱりと離婚して、愛するサイモンとすぐに結婚したことだろう。

だから、私が彼女に提供する**言い訳**は簡単だ。

「しかし、自分を責めてはいけないよ、ダイアン。君は、自分の欲望やきまぐれで不倫をするような人であるはずがない。なにしろ、前世では、サイモンとの真実の愛を死ぬまで貫いたんだから」

ダイアンは、欲望に負けたのでも、愛に対して不誠実なのでもない。むしろ、悲壮なまでに忠実な愛を貫く誠実さを持っているのだ、と。そう言えるような前世をでっち上げればいいだけだ。

もちろん、現実とはまったく逆だ。逆だからこそ、それが彼女の求めていたものであり、だからこそ愚かにもそれを信じたがるのだ。

「だから、君とサイモンは結ばれなくてはならない。これは前世からの誓いなんだ。前世で誓い合った愛が、いま君の中に育っている命なんだよ」

不倫相手と結ばれることは、卑怯な態度でも、わがままな姿勢でもない。むしろ、それは彼女が勇気を出して果たさなければならない**義務**なのだ、と私は断言している。

読者よ、この**言い訳**がどれほどダイアンを満足させたか、想像に難くないはずだ。

♠フェーズ5：次回のセッションにつなげる

「勇気を出して、離婚する方向で考えてみればいい」

「でも、いくらすれ違ってきたとはいっても、ジョッシュを傷つけることを考えると……」

「でも、離婚が、ジョッシュの人生にもプラスにならないとはいえない」

「そうだといいけれど」

「ジョッシュの前世がどうだったかにもよるけれどね」

「そうね。彼の前世を観ることもできるの？」

「できると思うよ。ただ、この場所にいない人の前世を観るとなると、かなりのエネルギーが必要になるんだ」

「ジョッシュの前世リーディングをしてもらえないかしら」

「予約がいっぱいで、半年ほど先になってしまうが……」

「お願い。そんなに待てない状況なのは、わかるでしょう?」

「たしかにそうだね。わかったよ。努力してみよう。ただ、特別なセッションになるから、通常よりも高額な料金をいただくことになるけれど、大丈夫かい?」

「ええ。彼を傷つけずに離婚する方法を知るためなら――」


このフェーズの最初に、私は、「勇気を出して、離婚する方向で考えてみればいい」と断定的なアドバイスをしている。

普通、コールドリーダーはアドバイスをすることを極力避ける。後日、法的なトラブルに巻き込まれないためだ。

しかし、詐欺師は積極的にアドバイスする。断定的に言い切る。そうすることで、カモは喜ぶからだ。なぜ喜ぶのか?　自分で自分の人生の責任を負いたくない。決断したくない。他人のせいにしたい。そういうズルさを、カモは持ち合わせているからだ。

いずれにしても、「離婚しろ」と言って欲しくて、ダイアンは私のところに来たに違いないではないか。カモが言って欲しいことを言ってやる。これがコールドリーディングの大原則だということを、読者も忘れてはいないだろう。


「予約がいっぱいで、半年ほど先になってしまうが……」

「お願い。そんなに待てない状況なのは、わかるでしょう?」

「たしかにそうだね。わかったよ。努力してみよう。ただ、特別なセッションになるから、通常よりも高額な料金をいただくことになるけれど、大丈夫かい?」


次のセッションにつなげる場合、私は、なんらかの理由をつけては、必ず価格を上げていったものだった。多くの場合は、倍々と高額な見料を設定していった。

同じ見料でセッションを続けると、だんだんとナメられるようになってくるのだ。しかし、毎回料金が上がると、緊張感を高めていくことができるし、カモのほうだって、大枚をはたいた分だけ、より積極的にリーディングに協力してくれるようになる。

だから、読者よ、悪党よ。遠慮なく堂々と高額の見料を請求するがいい。決してディスカウントなどするな。もしカモが渋ったら、そんなカモのことはさっさと見切るがいい。

見捨てられることを怖れて、カモは、借金をしてでも言い値を支払うことだろう。

そうとも、私は悪党だ。

だが、カモのズルさに比べれば、私などかわいいものだ。

現に、ダイアンは、最後のセリフで、もっとも救いようのないズルさを露呈している。

読者よ、彼女のこの言葉を、いま一度、吟味したまえ。

「ええ。彼を傷つけずに離婚する方法を知るためなら――」

彼を傷つけずに――だと？

浮気相手の子供を孕《はら》んだ。それだけのことをした上で、彼女は、まだいい人間であろうとしているのだ!

この期《ご》に及んで、人を傷つける痛みすら彼女は甘んじて受け取ろうとしない。なんと傲慢で、卑怯な態度だろう。

私や読者のように、自らを悪党として認めるだけの正直さすら持ち合わせていないのだ。


しかし、すでに何度も言ったように、カモに説教をするのが私たちの役割ではない。むしろ、愚かで卑怯なカモたちに心から感謝しようではないか。

欲望の赴《おもむ》くままに好き勝手な生き方や考え方をしながら、それでも自分を善人だと信じ込んで憚《はば》らない厚かましい連中が、この世間にわんさとあふれ返っているからこそ、私たち詐欺師はあぶく銭を稼げるのだから。

第4章

懐疑主義者への対応

～暗証番号を透視するテクニック?!～

♠懐疑主義者《かいぎしゅぎしゃ》という名の卑怯者

読者がリーディングの腕を上げ、カモがたくさん集まってきて、大金を稼げるようになってくると、必ずぶつかる問題がある。それは、いわゆる**懐疑主義者**たちにどう対処するかという問題だ。そこで、本書を締め括《くく》るにあたり、彼らへの対処の仕方についてで述べておきたいと思う。

懐疑主義者とは、占いや前世、霊能力といった霊的なものをまったく信じない連中のことだ。彼らは、科学的な基準、つまり、「物質世界の枠組みで計れないことは、すべてまやかしだ」ということを躍起になって証明しようとする。

占い師や霊能者に対する、彼らのあの無礼きわまる挑戦的態度は、実は、正義感の仮面をかぶった恐怖心にすぎない。彼らは恐れているのだ。

「科学的なもの（物質的なもの）がすべてである」ということを、彼らが、あれほどまでに必死になって主張するのはなぜか？

それは、彼ら自身が、「自分は、いやらしい存在である」ということを知っているからに他ならない。知っているからこそ、霊的なものから目をそらしたいのだ。

物質的なものがすべてだということが確かであれば、自分の本性はバレない。そう彼らは思っている。心の中の問題である限り、バレっこない。仮にやましい行動があったとしても、それは人からは見えないところでこっそりとやっているのだから、誰にも知られることはないだろう。

見えないところまで見透かすことのできる霊能力など存在しない限りにおいて、彼らは安心できるのだ。

もし彼らにやましいところがないのだとしたらもっと冷静に議論してもいいようなものではないか？　彼らは、ちょうど、盗みを指摘された泥棒が逆ギレするときのような勢いで霊能者を攻撃するが、まさに、盗人《ぬすっと》猛々《たけだけ》しいとは、このことだ。攻撃すべきは自らのいやらしい内面性ではないか？

そんな懐疑主義者が、私のセッションを受けに来ることも少なくない。彼らは、怖さのあまり、喧嘩《けんか》を売ってくる。喧嘩に勝てば、自らのいやらしい内面がうずくのをなだめることができるからだ。

♠挑発には挑発で

しかし、弱い犬ほどよく吼える。

私は、ある懐疑主義者のことを鮮明に思い出す。

当時、かれこれ三カ月ほど私に入れ込んできた女性のカモがいた。ある日、その女性にひとりの男性が付き添ってきた。フィルと名乗った。フィルは、カモの前で、私の化けの皮を剥いでやろうと狙っていたのだ。

カモとのリーディングをしている間も、彼は、馬鹿にするような顔つきで**見学**していた。ときどき、嘲《あざけ》るように鼻を鳴らして笑った。

リーディングが終わると、待ってましたとばかりにフィルが私に絡んできた。

「前世リーディングとやらを見せていただいたが、まったくのイカサマだな。霊能力などというものが本当にあるなら、私のキャッシュカードの暗証番号を当ててみてくれ。そうしたら、信用しよう」

そう言って、フィルは、歪んだ笑みを口元にたたえながら挑戦してきた。

もちろん、私としては、彼に信用してもらわなくてはならないようなことなど何ひとつない。金にもならないこんな挑発に取り合う価値などない。

しかし、弱い犬がわざわざ自分から喧嘩を売ってきたのだ。この挑戦を楽しまずにいられようか？

「いいでしょう、フィル。あなたの暗証番号を透視してみましょう」

一瞬にして、フィルの笑みは凍りついた。「まさか、ひょっとして……」という不安がフィルの心をよぎるのが、手に取るようにわかった。

そうとも、そのまさかが現実になるのだよ、フィル坊や。

だが、事前に身辺調査をしておく**ホットリーディング**にしても、あるいは、持ち物の中を覗き見るチャンスがあったと仮にしても、彼の頭の中にしかない暗証番号を知ることなどできるはずがない。

暗証番号が、たとえば手帳にメモしてあるのなら、盗み見るテクニックはいくらでもある。しかし、普通は暗証番号のような情報をどこかに書いておくということはしないだろう。

さあ、どうする？

カモの頭の中にしか存在しない情報を知るには、どうしたらいいか？ この問題を、読者よ、どう解くか？

解決策は実にシンプルだ。

ヒントは、**懐疑主義者の挑発を逆手に取る**ということだ。

「しっかりと三つの数字を心に描いてください」

「ああ、おやすい御用だ」。フィルは、おどけた様子で、数字をイメージしたそぶりを見せる。

「そんなんじゃダメだ。もっとクリアにイメージしてくれ！」。私は、ナーバスになっている雰囲気を意図的に醸《かも》し出す。

「ちゃんとイメージしてるよ！」

懐疑主義者というのは、自分が頭がいいと思っている。霊能者の化けの皮を剥ぐことくらい、簡単にできると思い上がっている。だからこそ、ダメ出しを繰り返すことで、彼の挑戦的な態度はさらに加熱していくのだ。

「ダメだ、イメージが固定しない。こちらもエネルギーを集中させて本気でやっているんだから、もっと集中してくれよ！」と、私はフィルを責める。

「集中してるよ！」と、フィルは苛立つ。

「いや、君には集中力がなさすぎるんだ」。彼の苛立ちをピークのぎりぎりまでもっていく。これが最大の秘密だ。

「四の五の言わずに、とっとと当ててみろよ！」と、フィルは開き直る。

さあ、勝負だ！

「よし、すこし見えてきたぞ。3、7……それからこれは……2かな……」私は、真剣な表情で、ゆっくりと数字を霊視している演技をする。もちろん、でたらめの数字だ。万が一、一部でも偶然に当たればサプライズだが、まったくハズれてしまっていても一向に構わない。

彼は、嘲ったようにため息をつき、勝ち誇ったような侮蔑《ぶべつ》の目線を私に送った。

「当たっていないかい？」。私は、それは意外だ、というような顔をしてみせる。

「ぜんぜんハズれてるよ」

「ハズれてる？　嘘だ」

「嘘なもんか。透視だなんて、そっちのほうこそ嘘八百じゃないか」

「わかった。あなたはニセの暗証番号をイメージしたんだろう！」

ここで、もし実際にフィルが、私の裏をかくために嘘の暗証番号をイメージしていたとしたら、彼は、内心、驚いて震え上がるに違いない。数字は当たっていなくても、「嘘の暗証番号をイメージして裏をかこうとした」ということを見抜かれてしまったからだ。

しかし、もしほんとうの暗証番号をちゃんと考えていたとしたら？　もちろん、それでもまったくこちらの作戦通りに進むのだ。

「いや、ちゃんと本当の番号を考えていたよ」

「たしかに３７２と数字が見えたんだ。あなたは私を騙したんだ。私を騙して陥《おとしい》れようとしているんだな」と、私は、フィルに責任を押しつける。

「そっちこそ、言いがかりをつけて逃げようとしているんじゃないか？　できないならできないと認めればいいんだ。霊能力で暗証番号を透視なんかできないと認めればいいじゃないか！」

「じゃあ、フィル、もう一度やろう。今度は、あなたが決して嘘をつけないように、ちゃんと暗証番号をこの紙に書いてくれ！　もう二度と誤魔化せないように！」

「ああ、いいとも！　今度こそは言い逃れはできないぞ」

フィルは、完全に私の心理操作にはまってしまったのだった。

懐疑主義者の挑発を逆手に取り、その挑発を意図的に高めてやることで、フィルに自らの墓穴を掘らせることができる。

果たして、フィルは、頭の中にしかなかった三桁の数字を紙に書き出してしまった。

もはや暗証番号は頭の中だけではなく、**紙に書かれた情報**になった。そうなれば、ビレットスイッチでも、クリップボードでも、好きなテクニックを使えば、それらの数字をピークする（盗み見る）ことなど、もはや造作もない。

（注：ビレットとは、名刺大の紙のこと。ビレットスイッチとは、情報が書かれた紙とダミーの紙をすり替えるテクニック。また、クリップボードとは、普通の事務用品のクリップボードのことではなく、仕掛けのあるもののこと。カーボン紙やマジックスレートなどが組み込まれていて、書かれた情報のコピーを取ることができる。コールドリーダーが**クリップボード**というときは、通常は、この仕掛けのあるもののことを指す。紙に書かれた情報をこっそり読み取るための用具については、Tony Corinda "13 Steps to Mentalism" などを参照）

♣騙しのテクニック

懐疑主義者の挑発には、挑発で応えろ。

♠逃げ道を残してやること

ところが、たいていのコールドリーダーはここで失敗してしまう。たとえば、いまのフィルの例で言えば、紙に書かれた暗証番号をピークした後、それをズバリと当ててしまおうとするのだ。これは大きな大きな間違いだ。

懐疑主義者は、霊能力に対して恐怖心を抱いているのだということを忘れてはいけない。当たるはずのない暗証番号を正確に当てられてしまったら、彼は、恐怖のあまりどんなリアクションに出てくるかわからない。

暗証番号を透視されたという恐ろしい現実を直視できない彼は、まず、「なんらかの方法で、紙を盗み見たに違いない」という可能性にしがみつくだろう。ヒステリックなまでに、それまで以上の過激さで霊能者を攻撃してくるだろう。

皮肉なことに、懐疑主義者というものは、リーディングが当たれば当たるほどかえって疑いを深めていくものなのだ。

だから、懐疑主義者に対しては、必ず**逃げ道を残してやる**、ということが大切なポイントになる。

だから、「暗証番号は、944だ！」と言い当てるのではなく、たとえば、ひとつだけハズして、「暗証番号は、943だ！　間違いない」と言うのだ。

もちろん、「なんだ、ハズれたじゃないか！」と彼は笑うだろう。しかし、わずか一の位がひとつ違いで、あとはすべて当てられたということも、彼はたしかな事実として受け止めざるを得ない。だが、そこには、「全部は当たらなかったのだから、偶然かもしれない」という逃げ道があるから、安心できるのだ。

逃げ道を作ってやることで、がちがちの懐疑主義者は、かえってこちらの霊能力を肯定してくることになる。

フィルは、「やっぱり霊能力などイカサマだ！」と表面的には懐疑主義者の面子《めんつ》を保ちながらも、内面では、私の霊能者を信じはじめたのだった。この日以来、フィルは、私のリーディングに干渉してくることはなかった。

何かを怖がっている人間を追い詰めてはいけない。窮鼠《きゅうそ》猫《ねこ》を噛《か》むというがごとく、弱い人間ほど、怖さのあまり、キレて自らを失い、命をも犠牲にするという愚かな行動に出るものだからだ。

♣騙しのテクニック

懐疑主義者に対しては、
わざとすこし間違えて、
逃げ道を用意してやれ。

おわりに

数え切れないほどのカモを詐欺にかけてきた経験から、私は、**豊かさ**というものについての悟りを得たように思う。

人生はままならない。だが、私たちがほんとうに目を逸らしたくなるのは、いつだって自分自身の卑怯さや弱さだ。

自らの悪しき面を誠実に見つめようとせず、自己幻想に陥り、自己欺瞞《ぎまん》に甘んじた瞬間、どこからともなく詐欺師が現われて、引きつった笑顔で手を差し伸べる。

ズルさ、卑怯さの代償としてその悪魔に支払う対価は、決して安くはない。

ならば、

たしかな豊かさは、自分の悪しき欠点に誠実に向き合おうとする人にしか与えられない

と言えるのではないだろうか？

私は、人を騙して富を得てきた。いまは、その金が生み出す利息だけで、贅沢な暮らしをしている。

だが、この豊かさは決して正しい地盤に乗っているものではない。それを私は理解している。

だから、いつの日か、詐欺で得てきた財産を、私はすべて失うことになるだろう。

そのとき私は、改めて、自分がしてきたことの卑劣さを直視できるだろうか？ それとも、あのカモたちと同じように、都合の悪い自分から目を逸らし続けるのだろうか？

読者よ、君は、どうだろうか？

スペシャルサンクス

同じ志をもつみなさんのおかげで本書を世に問うことができました。
どんなときも支えてくれてありがとう。

石崎英子、広島の中川貴（QLO）、川崎 陽子、浅井英臣、ぷにを雄一、加藤 誠也、みつるんるん、白松仁、鈴木勝利、諫山義人、佐藤純子、☆天才秀成☆、蛭川靖大、津輪祐子、アイエム愛、行名 一夫、清水吉晃、宮下雄飛、FZ-A、山口和久、藤井博明、朝田幸生、やまざきしずえ、ケムシファー、しんいち MakiMaki、渡辺良勝、小山彰大、中嶋達也、かっしー、牧野成俊、西野椰季子、添田裕美、大川琢也、梅野 裕樹、真藤賢吾、3期山本、小玉 浩、木村晃一、なおたか、後藤隆一、望月実香、Y．N、足立利治、荘司雅彦、浦川 貴秀、ドクター河合、田中崇、☆返田麗子☆、ブチネコ、あらけん@福岡、谷垣 真哉、佃 隆、有元陵、吉村 侑剛、高澤ちひろ、栗山健佐和子、松林庵、吉田憲市、HIRO、美好 芳子、ルーク平野、幸せ配達人、yossy、白坂慎太郎、加藤健一、荒巻 健、山崎直美、本間伸一、♪アリシア♪、大橋昇幸、うろたんし、山下 宝司、坂越義」くん、佐藤充輝、大浦慶文、田中 智之、田口貴章、山本 伸吾、田代 勝則、プーアル、朋子AAA、西田隆行、野本 聡、大城砂織、飯島健治、中川智之、松場 耕太郎、湯川貴男、森 恵美子、関野真奈美、田代 敦史、石田敦士、田中浩、山崎智寿子、永濱 賢一、新垣茂、大阪 太郎、田子千鶴子、山中亮一、さのちん、松尾竜典、ダイチャン、東 雄大、サトウヒロシ、宮本 純平、上野 智規、柿、角田 栄一、成田泰士、川辺稔、村越直実、岡崎 勝、門倉健次、水原敬洋、堀 伸一朗、田辺房輝、遠藤大昌、阿部 達弥、マック鈴木、原慶太郎、岩谷洋昌、淺川和仁、浅見夕実子、野阪 洋史、高橋香衣、らぷちゃー、関 孝

スペシャルサンクス

浩、甲斐重之、小松万樹、hopper、つちやみどり、林　淳一、横山宜佳、渕上将嗣、田中　昌博、黒沼修・友子、あかしや、諸葛亮孔明、大久保　賢、松嶋愛沙美、トラ、重野紘市郎、西川武志、山根良介安原　和弥、山崎康弘、加藤正雄、しげりん♪、保住、辻本純一郎、KEN、ジュジュ@弾き語り、大平　昌宏、小松慶郁、菊池啓子、山田武夫、亀田直人、西山圭太、前田賢彦、ゆ・すえつぐ、横田亜和、臼井俊男、ねこやフラン、三浦輝雄、ずう、佐藤グー奈美、早野振一郎、後藤美奈、田中睦士、永治好宏、中西秀行、川端利幸、加茂洋平、東　栄一、かぎろひ、菊田学、坂田佳代子、若林　毅、天国の扉、ayano、寺島孝裕、ＭＡＯ、広瀬のりりん、りた、小松久仁彦、近藤幹大、安藤　晃、山内章裕、田路敏弘、米沢　タケシ、嬉野正輝、松岡洋子、松葉律子、榎本和人、上杉　薫、小泉洋太、木村あかり、長澤俊之、阿部眞也、そら、渡辺ゆじまろ、山本和紀、田中直人、加藤　政裕、和田啓司、@カカロット、藤井彰人、なおちゃん、足立朋子、佐藤京子、谷和孝、かねこたけし、Succi、入澤光、暇身張、松橋秀邦、長谷川喜亮、金木義一、下　雅之、佐々木瑞枝、小島　弘、菊地英豪、加藤　テツオ、松島代士弘、熊澤光浩、青木隆、般若心経、岡部高遂、つくね、瀧田恵、斎藤　京、伊垣佑一、大西太一郎、福岡有里子、林　治雄、江口　梓、ブシッ!、あっこ、木野祐次、五十嵐　勉、白藤洋一、角田　光正、近藤雅利、たくチカコ、宮下佳津子、瀬良垣　悟、市川深雪、藤間淳、hanna、ゆにこ、猫の人、青木政弥、ミッシーキヨ、遠藤勝博、友昇、小野田　隼人、伊藤　仁子、くに、石井浩二、日浦直樹、市川千鶴、a2c、福田盛彦、せっつー、川井　貴介、増田英明、土田　恭弘、内田敬士、堂本　まり子、飯山陽平、富田哲史、小木佳織、幸大の父、押上晃広、笠井浩樹、ばねゆび、林　洋、ハラアタル、堀英樹、荒晴子、トゥインゴ、蒲谷義美、立石章・圭子、村上公一、菅原一博、原和弘、森本義信、とーしろー、佐藤典寿、なべちゃん@、櫻、関根利和、■野島□雅■、吉田聡志、工藤☆大介、ｻｹﾞﾌﾞﾙｰ、秋山　克枝、星野雅史、滝澤　二朗、森谷洋介、永嶋　美千子、加藤　公之、西川聖一郎、河西高明、佐竹公仁、カメタロウ、杉本和嘉子、Hiro.

M、原口直敏、いっしー、まさと、柴山　甲子朗、竹村千穂美、Mまめ、小室信二、山口裕睦、永井　一歩、あかクマ、ヒロリン、山本康夫、☆~渡邉優子、宮元　豪一、日下志　厳、鈴木　公子、松原正憲、財前和久、岩本勝信、田中裕二、早川　敏幸、ゆかちゃん、渡辺りえ、田中　順子、今成匡志、平方　宏明、岩下和幸、もけこ、秋山昌樹、宮里真一郎、原口　豊、深津　健一、野坂健一、山長静子宮島久幸、篠原伸介、辻　卓朗、五味田浩之、サッキー、伊藤武史、まちぇまちぇ、永田雄一、牛島　郁乃、七森　貢、島　清、大野彰宏、yo432、桑山　裕規、千葉秀樹、今邨葉子、ようちゃん、伊藤　幸芳、Cu☆yu、くるみパパ、江_武、石井隼平、山田文章、山上　達也、久保　光弘、中村正生、宮野　隆、いち、今井　司、本間義昌、人々を維ぐ人、大野裕康、菅原　貴雄、松村信之、瀬戸隆宏、山本和昌、宮川　幸夫、小野澤松利、よっしー、イッチー復活、阿部　桂子、よっこ。♂、阿部　博、中野拓也、相田佳代、尾崎摂理、中島　寛彰、降籏浩、小林和嘉、今井寛、山本範久、山本　康之、栗瀬　賢、大谷重男、高野　直、田部　理恵子、緒方俊樹、玖珂たけし、細浦聖司、dj keisuke、福田真也、今井　信弘、佐藤洋平、ゆうや、阿部秀彦、江口史彦、T.けんぞう、aisis、竹田慎平、黒川レイコ、ハスノハナ、iga、牧野希紅、坂東　直美、can、長浜卓也、小野　貴弘、Q-chan、宮崎由子&龍一郎、亀井千鈴、アシヒレ、平野尚裕、山本義雄、ちゃおこ、池田智也、ももりん、小林　葉子、泉澤淳、布施　俊二、金澤幸治、小川次郎、金坂　博明、江郷隼一郎、鈴木大和、はっちゃく、中口翔吾、外山千鶴、木村　嘉奈恵、辻本良二、水野英如、ふじたなお、高田利久、藤井一好、日原幸江、平井　真弓、谷村悦子、チャカ、鈴木　宏郎、とま、小川直樹、ふくちゃん、高山さおり、乾洋平、ゆみちゃん、林勇一、みよみに、阿育王、Sふーみん、宮本久男、やたろー、西山淳、kuni、山田謙一、藤原　康尚、木村博旨、山川宏章、柏木亮太、西藤　洋将、橋本江利子、井上浩行、☆きょうこ☆、とび、山本浩司、奥泉秀信、尾上　美加、ちぎらみつよ、なかけん、中尾享子、岡部高嗣、ユティム、小山　佳昭、岡村知宏、いなばっち、蓉艶大好き、

スペシャルサンクス

小野　賢、りりゆず、中塚信行、いわな、くんくん、菅野美貴子、田中友範、こんだけいこ、井上　修、とら猫、sada、岩ちゃん兄妹、渡邉　憲和、ABE YOSUKE、吉川庫子、加藤匡規、前本倍男、望月直幸、來原良通、里枝、中辻　泉、松本康裕、葛谷友哲、笹澤★裕樹、北村勝彦、梅須愛博、よぴこ、MASA、近藤　観市、高倉壮太、まついけいこ、八崎恭代、kou、セレニテ、秋葉貴義、SHUI、東海林　晃子、大平　晃一郎、中村　光、ミンストレル、溝口綾子、こや☆やん、向畑　武俊、今井將徳、としこちゃん、小山　淳平、小池翼、みわこ・R、森のキタさん、吉岡妙華、中村裕一、文月まぁな、末次　崇彦、佐藤有未、武石直人、しんぶモン、ゆりっぺ&修、MYB、須山亜美、飯島裕章、佐野英治　、佐久間明美、山本有利子、山本昇、DOMINO、アベアツ、鈴木裕治、伊藤俊介、岩間悦子、みゆる、俊三、林 Nori、waycho、浅野兼一、MA5+、たけ、funk、野呂瀬博子、永田佳代、橋本良崇、浅日道浩、中野陽介、key99、ぶんちんマン、Moto.K、しばじゅん、神山裕、ナオッタケ、鈴木雅子、箱崎琢朗、KAORU、黒澤矧娯、今井　淳之、岡嶋かっつ、HIRORIN、ミカリン、辻　範男、ハチ、みんたん、SEGI家族、森本茂、富川勇樹、中村賢二、深川　正典、渡辺達也、齋藤　伸之、杉本　哲史、永山督、清水透、藤本　晃、たけべちゃん、土屋昇一、根津崇、山本晃久、ダンケルド、junko、君和田、中村　晋也、たきやず、大平雅祥、玄、yu-zi、後藤成志、おいどん、沢崎友昭、めいこ、晴耕雨読、うさうさ、柘植香穂里、須藤和則、松浦美樹、鈴木敬正、松岡孝明、西尾　隆晃、平塚由嗣、ノリノリ、大谷和圭、森直美、大橋 裕幸、なかしん、元井麻里子、uzu-yoo、さんた、菅井一孝、あらさん、ヒーサ、N.AKKO、かっちゃん、菅野由紀子

石井裕之

〈著者プロフィール〉

石井裕之（いしい・ひろゆき）

パーソナルモチベーター。セラピスト。
1963年・東京生まれ。

有限会社オーピーアソシエイツ代表取締役。
催眠療法やカウンセリングの施療経験をベースにした独自のセミナーを指導。人間関係、ビジネス、恋愛、教育など、あらゆるコミュニケーションに活かすことができ、誰にでも簡単に実践できる潜在意識のノウハウを一般に公開。

2008年10月には、東京国際フォーラムにて、5000人を集めるビックセミナーを成功させた（現在DVD好評発売中）。
石井裕之のセラピスト体験の集大成ともいえる目標達成プログラム『ダイナマイトモチベーション6ヶ月プログラム』（フォレスト出版）は、2年間で1万人の手に渡る大ヒット作となっている。

累計69万部突破のベストセラーシリーズとなった『「心のブレーキ」の外し方』『壁～どんな壁も乗り越えることができるセラピー』（フォレスト出版）はいまも全国の読者から熱い感謝の手紙が絶えない。また日本ではじめて《コールドリーディング》というニセ占い師の会話テクニックを紹介した『コールドリーディング』シリーズも55万部を突破した。
そのほか、『かぼ～アクリルの羽の天使が教えてくれたこと』『ダメな自分を救う本』（祥伝社）など、著書は20数冊、累計200万部にのぼる。

日本テレビ「おもいッきりテレビ」、テレビ東京「サイコラッ！」、フジテレビ「奇跡体験！ アンビリバボー」、ＡＢＣ「ビーバップハイヒール」など、テレビ出演も多数。

＜石井裕之・公式ホームページ＞
http://sublimination.net

あるニセ占い師の告白

2009年5月30日　　初版発行

著　者　ジョン・W・カルヴァー　石井裕之
発行者　太田宏
発行所　フォレスト出版株式会社
〒162-0824 東京都新宿区揚場町2－18　白宝ビル5F
電話　03-5229-5750
振替　00110-1-583004
URL　http://www.forestpub.co.jp

印刷・製本　日経印刷（株）

ISBN978-4-89451-350-1　Printed in Japan